KB039802

별일 아닌 것들로
별일이 됐던
어느 밤

별일 아닌 것들로
별일이 됐던
어느 밤

초판 1쇄 발행 2017년 7월 3일
초판 12쇄 발행 2024년 6월 14일

지은이 민경희
책임편집 조혜정
디자인 그별
펴낸이 남기성

펴낸곳 자화상(프로젝트A)
인쇄,제작 데이타링크
출판사등록 신고번호 제 2016—000310호
주소 경기도 고양시 덕양구 꽃마을로 34, 1006호,1007호(향동동, DMC스타팰리스)
대표전화 (070) 7555—9653
이메일 sung0278@naver.com

ISBN 979-11-88345-05-2 03810

별일 아닌 것들로
별일이 됐던
어느 밤

민경희 쓰고 그림

자화상

대단한 거
하지는 않습니다.
그러나

글과 그림을 쓰고 그린 지 5년이 다 되어 갑니다. 꾸준히 무엇을 한다는 게 내 성격에 참 쉽지 않은데, 그 이력을 엮어서 책을 낸다는 것이 마치 어떤 결실을 맺는 듯하여 기분이 묘합니다.

"책을 만들어보자." 청탁이 온 순간들을 생각해봅니다. 대단한 거 하는 사람이 아니라 아직은 시기가 이르지 않나 생각도 해보았습니다. 어느 날 지난 일기장을 들춰보았는데 언젠가 제가 이런 글을 적었더군요.

"가지고 다닐 수 있는 책 한 권을 만들었으면 좋겠다.
_버스 타고 문 열고 책을 읽는데 이 순간이 문득 좋아서."

여름날이었나 봅니다. 이 두 문장을 읽으며 그 순간을 다시 기억했습니다. 잊고 지낸 지 오래였지만 그 글로 인해 책을 내야겠다는 결심을 했고 좋은 기회를 만나 제가 쓴 글과 그림들을 이렇게 보여드립니다.

뭐, 대단한 것들 보여드릴 역량은 아직입니다만, 그렇다는 이야기들과 내 세계에서 느낀 것들을 최대한 열심히 써보았습니다. 그동안 원고를 쓰며 다녔던 카페의 수많은 음료들과 문턱이 닳도록 드나들었던 책방들, 생각으로 지새워 밤낮이 바뀐 나날들, 시력이 나빠져 맞춘 안경…. 그렇지만 괜찮습니다. 이렇게 책이 나왔으니까요.

고마운 사람들과 풍경들이 많습니다. 이것들을 한데 모아 글과 그림으로 선물하겠습니다.

2017년 새벽 4시경 윤석철 노래를 들으며

민경희

차례

1부_ 너는 너무 쓸데없는 거 신경 많이 쓰고 살아

2부_ 너그럽게, 시간이 필요하겠구나 이해해주면 안 되니?

3부_ 정답인지 아닌지는 해보면 알겠지. 늘 그랬듯이

1부

너는 너무
쓸데없는 거

신경 많이
쓰고 살아

단어로
채워질 수 없는
행복

우리는 물이 끓는 시간을 잠시 기다리고 있었다. 서로 다르게 생긴 두 개의 물 컵 안에는 물에 잠겨 녹기를 기다리는 가루들이 성의 없이 우두두 쌓여 있었다.

들이치는 햇빛에 수증기가 형태를 드러내고 수증기가 점점 커져갈 무렵이면, 집에 있던 모든 것들이 습기로 가득 차는 느낌이었다. 낮은 나에게 그렇게 조용하고 지루한 시선을 안겨주었다. 그렇게 이리저리 옮겨보는 시선을 멈추게 한 건 당신의 눈.

당신은 나를 조용하게 눈여겨보고 있었다. 햇빛은 그 사람의 눈동자를 예쁘게 빛내고 있었다. 갈색 막에 둘러싸인 행성 같은 것이 조용히 자전하고 있었다. 뭘 그렇게 빤히 보고 있을까 물어볼까 말까 하다가 말을 안 하면 시선을 거두지 않을 것 같아서 두 손가락으로 딱딱 소리를 내며 물어봤다.

"뭘 그렇게 보고 있어? 내 얼굴 오늘 이상해?"

그러더니 당신은 눈을 한 번 깜빡거리며 반짝 내 눈과 눈 맞춤하고는 대답을 해준다.

"이상하긴, 나 원래 너 잘 보고 있었잖아."

나는 괜히 너스레를 떨어 보려 "치이~." 라고 이상한 소리를 내버렸는데 새어 나오는 미소는 참을 수 없었다. 그래도 혀를 위로 긁으면서 더 커지는 미소를 꾸욱 참았다.

그때 너의 얼굴에서 어떤 사랑의 감정을 보았다.

넌 그때 아무것도 바랄 것 없다는 듯한 표정이었고 이상한 유토피아를 여기서 우리 단둘이 만들어내어, 아마 계속 가만히 있었더라면 큰일을 낼 것 같은 그런 눈빛으로 사랑을 속삭이고 있었다.

나는 항상 부끄럽고 창피해했지만 그게 싫지 않았다.

수증기는 불을 꺼달라고 성화를 냈고 오디오에선 엘라 피츠제럴드의 미스티[Misty]가 흘러나오고 있었다.

언제나 은근히 일상의 배경 음악이 되어준 평범한 노래였지만 그 가사와 멜로디들이 다 우리의 이야기 같았다.

네가그렇게 아픈건 많은 감정을 느낄수 있다는거고, 그만큼 그릇이 넓은 사람이라는 거야.
Page-137
YAMAHA

골목

우리들은 저녁에 자주 만났다.

있는 줄도 몰랐던 할 일들은 자꾸만 쌓였고 만나지 못하는 날들이 이어지기도 했으나, 그럴 때는 며칠이고 그저 각자의 시간들을 보내기도 했다. 그러다 오랜만에 만나기라도 하면 작정한 사람들처럼 맛있다는 곳을 찾아 나섰다. 누구보다 복스럽게 먹어 치우고선 기분이 좋아져 별것 아닌 말에도 잘 웃는 우리였다.

아직은 경험보다 감정이 앞서 할 말이 많았다. 어리숙하기도 했고, 정말 경험이 충분하지 못한 까닭도 있었는데 그럼에도 우리가 철없는 아이 같지는 않았다. 미래에 대한 이야기와 조그마한 한숨들도 늘어갔다.

집으로 향하는 발걸음은 저벅저벅, 그렇게 빠르지 않은 템포로 한 발자국씩 땅을 딛는다. 격려와 다정한 언어들이 사라진 시간이다. 그러나 알겠다. 아침과는 다른 차분함이 그 자리를 대신하고 있다.

복작했던 시간을 뒤로하고, 우리의 시간을 곱씹으며 되돌아가는 길이 있다는 것은 언제나 나를 안심시킨다.

안녕하지
않아요

"왜 다들 불행하다고 그래?"

"그래야 공감대가 생기거든. 행복해 보이면 욕 먹어."

안녕히 계시죠?

어떤 말에는 근황에 대한 물음과 동시에 바람이 담겨 있다. '안녕히 계시죠.'라는 말은 그런 묘한 복합성을 잘 보여주는 인사말이다. 안녕히 계시냐는 말을 들으면, 아직은 안녕히 있을 수가 없는 나여서 그냥 옅은 미소로 답을 대신한다.

슬픔이 조용하게 곁을 지키고 있다. 아주 크지는 않으나 잘게 쪼개어진 슬픔들이 주변에 다닥다닥 붙어 지금의 내 안녕을 가로막는다. 며칠 전까지만 해도 행복했던 일들이 있었던 것 같은데 말이다.

어쩌면 이건 삶의 공평함인 걸까? 겨우겨우 슬픔을 배우면 그 다음에 기쁨을 알게 되고, 또 겨우겨우 행복을 생각할 수 있게 되면 슬픔이 슬며시 찾아와 순서를 기다리고 있다. 그러니 우리가 쉽게 안녕할 수 있을까.

무책임하게 또 시간을 탓해야 할 지경이다. 시간은 나를 숨겨주니까. 시간이 흘러 나중이라는 그때가 되면 안녕할 수 있을까?

나 또한 그대는 모를 바람과 안녕을 담아 인사를 건네본다.

안녕히 계세요 (부디).

우울
합니까?

내가 없는 술자리에서 내 이야기가 나왔다는 소리를 들었다. 나에 대해 어떤 이야기를 했을까? 다른 무엇보다 누군가가 내 이야기를 했다는 것이 참 궁금했다. 그래서 뭐라고 했냐고 물었다.

나와 별로 친하지 않은 친구가 경희는 참 슬퍼 보인다고 말했다고 한다. 뒤이어 친구는 나에게 말한다. "너는 고등학교 때부터 봐왔지만 활발하긴 하다? 그런데 좀 슬픈 거 감추는 느낌이 있어." 내가 "보여?"라고 하니까 "보이는 게 아니라 그냥 내가 그렇게 느껴져. 그런데 나는 좀 걱정이 되기도 해. 너의 우울을 사람들이 많이 좋아해주는 면이 있는데 네가 그 기대에 부응한다고 계속 우울감에 빠져 있는 건 아닐까 싶어서."

지금은 자신 있게 말하건대, 나는 이제 내 우울을 감당할 수 있다. 덜어낼 수도 있고 또 더할 수도 있다. 완벽하게 없앨 수는 없지만 파우치처럼 그저 가지고 다니는 것이다. 생각해보면 얘가 사실은 그렇게 나쁜 애가 아니다. 나의 불안과 우울 덕분에 어떤 일들에 대해서는 조금 더 조심스럽고 깊게 들여다볼 수 있었음을 생각해본다면 말이다. 또 우울이란 감정이 그리 쉽게 없앴다 만들었다 할 수 있는 것은 아니니까.

그렇다면 나는 나만의 우울감을 뿜뿜 내비칠 테다. 내가 살아왔던 상처와 어쩔 수 없이 느껴지는 슬픔 등을 애써 지우려 하지 않을 것이다. 우울이라는 파우치를 항상 지니고 있다 해서, 아픈 기억을 톡 건드리기만 하면 눈물을 주르륵 흘리는 비련의 여주인공 같은 성격도 아니고. 나를 잘 모르는 사람들은 내가 유쾌한 사람이라고 생각할 정도로 좋은 성격도 장착하고 있으니, 어려워하지 말고 말을 걸어준다면 난 언제든지 어색한 미소를 가지고 인사를 할 것이다.

여전히 우울은 가지고 있은 채 말이다.

당신이라는 이름의 설명서

"솔직히 말이야…." 하며 운을 떼는 모습은 영 탐탁치 않다는 뜻이다. 그럴 때는 귀를 쫑긋 세우고 들어주어야 한다.

자주 자신의 목소리나 걸음걸이에 대해 신경을 쓰기도 한다. 같이 신경을 써주며 "아니야."라던가 "좋아."라는 단어를 자주 사용해 주어야 한다. 대수롭지 않은 변명을 늘어놓지만 핑계를 듣는 건 또 싫어한다. 무슨 모순인가. 그럴 땐 그저 웃어주기를 바란다. 자라날 때 상처는 어지간히 많아서, 그래서인지 한없이 우울하다 싶으면 며칠이 가곤 한다. 그러나 그것을 누구에게나 들키고 싶지 않아 했다. 이 시즌에는 그저 아무 말 없이 옆에 있어주어야 한다.

모르는 것에 대해 답해주기 어려우면 굉장히 괴로워했다.

아는 척은 어찌 그렇게 하고 싶어 하는지 세상에서 자신이 제일 성숙하다는 느낌을 풍기고 싶어 해서였을까….

바보같이. 같이 공부를 하다가 문득 아니면 내기에 져서 설거지를 하다 종종 과거의 일들을 떠올리는지 피식하는 모습들이 조금은 귀엽다.

몇 가지 떠오른다. 당신이 귀여웠던 순간들이.

우리가 다투고 잠들어 있는 순간에 살며시 자신의 볼을 가져다 대고 말없이 눈감아 주는 당신이, 지친 하루 어떤 허기짐이 몰려올 때 앞에 찾아와주어 맛있는 것을 같이 먹어준 당신이, 언제나 나는 네 편이라고 살며시 웃으며 손을 앞뒤로 흔들며 걸었던 그 순간이.

그런 순간들을 떠올리면 자꾸 눈물이 난다. 네가 떠나면 나는 어떻게 살 수 있을까. 혼자 불안한 생각들을 할 때 즈음 당신의 목소리를 듣고 싶다. 전화를 걸어 두 번에 걸쳐 신호음이 가다가 다정하게 "응~."이라는 목소리에 눈물을 닦고 절대 진심을 내비치지 않은 채 아무렇지 않게 뭐하냐고 물어본다.

나는 이제 당신을 다룰 줄 안다.

오~ 나한테는
매일 좋은사람
할거야~
그러니
사랑해주라~
page-
737

그렇더라고

집 앞, 꽃봉오리들이 피어날 준비를 하고 있는 모습을 보면서, 또 장범준의 노랫소리가 길거리 곳곳에서 울려 퍼질 때 봄이 오고 있다는 걸 실감했어. 봄이 되면 나도 모르게 자꾸 달뜬 기분이 되니까 서둘러 만끽해야 한다는 조급함이 들곤 해. 계절은 이렇게 부지런하여 자신이 옷을 갈아입고 있다는 사실을 세상 사람들에게 알려주곤 하잖아.

아름다운 순간들은 항상 짧다고 이 순간들을 위해 준비해두라고.

난 그 짧은 순간들을 위해 살고 있구나. 봄이 오면 설레는 마음 가득 안고 누군가를 새로 만나게 되기도 하고 곁에 있는 것이 너무 익숙해 이제는 느끼지 못하게 되어버린 누군가의 향기를 다시 환기시키기도 하지. 흐드러지게 핀 벚꽃들은 한껏 자신들을 뽐내기 바쁘고 우리는 그 풍경들을 보기 바쁘고….

언제까지 질문들을 던지기만 해야 할까. 새해는 이미 시작되었지만 나에게는 아직 시작하지 못한 일들이 수두룩하기만 한데.

내 감정도 중요하지만
네 감정도 항상 궁금하고 중요해.
가끔 내보다 더... 아니,
요즘은 자주..
악의없이 그런순간들이 난왜
즐거운걸까...
page.131

가시

엄마는 꽃집을 운영한다. 일손이 부족하면 종종 도와드리곤 하는데 엄마 앞에서는 귀찮다는 내색이란 내색은 다 떨면서 손님들이 올 때는 바로 사업자 모드로 바뀌어 서비스 정신이 투철한 젊은 사장이 된다.

어깨너머로 꽃꽂이나 꽃다발 만드는 법을 배웠기 때문에 내 손으로 제법 그럴 듯하게 재주를 부려 만들어 판 적도 있다. 예전에 엄마가 보기에, 내가 딱히 꿈이 없어 보일 시기에 엄마는 자주 나를 꽃집에 불렀고 나 또한 별달리 할 일도 없었으니 군말 없이 나가곤 했다.

슬며시 꽃 배워서 꽃집을 운영해보라는 엄마의 말에 잠시 진지하게 생각해본 적도 있지만, 지금 나는 이렇게 앉아서 글도 쓰고 그림도 그리고 있다.

꽃집에서 장미꽃을 다듬고 있던 5월의 어느 날이었다. 스테이플러와 비슷하게 생긴 도구를 사용해서 장밋대를 좌르르 밀어내면 가시가 우두두 하고 빠진다. 그런데 부주의하게 힘껏 내리 밀다가 장미꽃 가시가 손에 박히고 말았다. 너무 아팠지만 얼른 빼내야 했기 때문에 아픔을 참고 느와르 영화에 나오는 주인공이 자신에게 박힌 총알을 제 손으로 빼는 것처럼 비장하게, 또 장렬히 가시의 끄트머리를 단단히 집어 단박에 빼내었다. 그러면 뭐하나 통증은 여전히 그대로인걸.

며칠이 지나도 통증은 쉬이 가시질 않았다. 잘못하다가 살갗이라도 스치는 날이면 욱신함이 진하게 남아 몇 분이고 아픔을 느끼고 있어야 했다. 여간 신경 쓰이는 게 아니었다. 꾸준히 연고를 바르고 밴드를 붙이고를 반복하여 시간이 지나니 이 아픔은 곧 아물어 조그마한 흉터로 남게 되었다.

그런 생각이 든다. 상처받은 마음들도 이 흐릿해지는 상처와 마찬가지일까, 하는. 상처가 아물어 작고 작은 흉으로 남을 때까지 조심조심 또 애써 관심을 가져주어야 하지 않을까, 하는. 마음이라는 이 예민한 친구는 자꾸 자신이 받은 상처가 아프다며 걸

핏하면 상처를 상기시키는데, 이를 모른 척하며 살아간다면 마음 속 한 켠 허한 구멍이 하나 생기게 될 텐데…. 돌아보면 여기저기에 푹푹 파인 구멍들이 어느새 커져서 나도 모르는 새 그 구멍 속에 갇히게 되더라는.

그렇게 방관하지 말자.

'난 원래 이런 사람이 아니었는데, 왜 이렇게 되었지?' 스쳐 지나는 잔상 같은 생각들…. 스며드는 무기력함, 지루함 그리고 반복되는 것들에 대한 권태감 들이 쉬이 떠날 생각을 하지 않는다면 마음이 긴급하게 신호를 보내는 줄 알아채기를….

그러니 한 번 크게 숨을 고르고 내 마음을 충분히 들여다보고 눈여겨보려 한다. 다독이고 그 아픔을 인정해보려 한다.

자꾸자꾸 생각나는 어떤 일들은, 마음에게도 충분한 시간과 연고 같은 것들이 필요하다는 신호일 수도 있으니까.

인간적인 하루

장황한 제목에 매료되어 마냥 멋지다 생각하게 되는 시집을 사고 사운드클라우드에만 있는 뮤지션들의 음악을 듣고 유명해지기 전에 예쁜 개인 카페에 가서 사진을 찍고 프랑스 영화들을 보고. 대단해 보이는 꿈만을 장황하게 늘어놓는 뜬구름 범벅의 대화. 나와 다른 것들에 대해 무심한 척하기. 여기저기 멋진 사람들이 나오는 잡지를 들고 다니고 이번 건 별로네 아니네 평가하다가 결국 별로라는 판단에 서로를 뿌듯하게 하고 여행을 떠나 스타일 좋은 외국인을 보며 몰래 사진을 찍고 자신의 감정을 멋진 말로 꾸며 예쁜 피드를 만들고…

…싶지만 현실은 밥 때 되면 뭘 먹을까 고민하고 글 쓰고 그림 그리고 병원 다니는 중이다.

얼굴의 풍경

당신이라는 사람은 어떤 풍경이 흐른다는 느낌이 든다.

조곤조곤 말하는 입술, 그윽하게 자리 잡은 눈 밑으로 깔린 눈썹이 아름다운 초가집 같다.

초가집이 어떻게 아름다울 수가 있을까? 난 그 느낌을 안다. 코는 잘 뻗어 있어 나의 부러움을 샀지. 내가 마음속으로 좋아하는 연청의 바지를 입고선 찬찬히 나의 말을 살폈다. 그리고 대답해 주었다. 잘하고 있다고 충분히 잘할 수 있을 거라고. 그게 진심이건 그날의 피곤한 감정에 휩싸여 별 뜻 없이 튀어나온 대답이건 그 목소리는 충분히 나를 믿고 싶게 만들었다.

나는 질투가 많았다.

그런 풍경을 갖고 싶었다. 조곤조곤 말해보고 싶었다. 하지만 그 바람과 달리 나는 다짐을 곧잘 망각하여 자주 성질이 났고 빈번히 흥분하기 마련이었다. 가끔 당신 생각을 하며 달뜬 마음을 차분하게 안심시키기도 했다.

나도 너 같은 사람이 되어야지.

부재

당신의 부재가 너무나도 낯설 때,
나라는 형식은 난해해져만 갔습니다.

지난날을 되돌리고 싶어 뒤로 걷거나 우리의 음악을
크게 틀어 심장이 터질 듯 뛰기도 해보았습니다. 멀리
서 숨어 보고 있진 않으신지요. 내가 고통스러워하는
과정을 심미적으로 바라보고 있지는 않으신지요. 보란
듯 이상해지겠습니다. 되도록 해석하지 못하고
궁금해지도록 노력하겠습니다.

각자의 사정을 모두 이해 할 필요는없지. 근데 너와 나의 사정은 다를수도 있다는걸 아는게중요한거야.
page_137

M의 성숙

아이라는 관점에서 벗어나기를 간절하게 바랐고 그토록 어른이 되고 싶었던 나인데 이상하다. "민증 보여주세요."라는 말이 감사하고 나이보다 어리게 보면(사실 그런 적 없다.) 행복할 것 같다. 이렇게 사람이 재미있다.

신체적으로는 이제 더 이상 클 수도 없고… 아니 척추 스트레칭을 한다면 뭐 3센티미터가 더 커진다는 소문에 열심히 해보고 있지만서도 의심이 드는 건 매한가지.

요즘은 영 밥맛도 없고 밥을 먹는 즐거움보다는 끼니를 챙긴다는 의무감이 강하게 든다. 이를 친구에게 말하니 친구는 "네가 늙었다는 증거야."라며 익숙한 듯 나에게 아무렇지 않게 말하는 모습이 영 어른스럽다.

어느 순간 내게 일어나는 조그마한 변화들을 익숙하게 받아들이는 모습을 새삼스레 발견한 적이 있다. 그러면 이를 깨달음과 동시에 나에게 흩어져 있던 모든 외로움들이 집합하는데 이런 것들은 나를 잠 못 들게 하는 것들 중 하나다.

깨달음의 순간은 이를테면, 시끄러운 술자리를 마치고 집으로 왔을 때, 아니면 여럿이 있을 때도, 하염없이 문장을 읽다가, 아직까지 모르는 것들이 많고 인생을 어떻게 살아야 하는지 모르겠을 때 등등이 있다.

매일 묻는다. 삶은 뭘까?

사랑을 할 때 많은 생각들은 나를 조금 더 옥죄어온다. 나만의 일이 아니니까. 상대방과 함께하는 감정 교류는 쉬운 것 같으면서도 어려운 일들이 아닐 수 없다. 한없이 사랑받고 싶어 하면서 그 마음을 숨기고선 아닌 척하며 애정 어린 말을 아끼는 나.

내 안에 있는 감정들은 고약하다. 그리고 영악하다. 그런데 어쩌나. 다들 이렇게 살아가는 것을. 내가 나쁘다고 감히 말할 수 있을까?

다양한 감정들을 지켜보며 사람들에게는 한 가지 면만 있는 게 아니라고, 가까이서 오래 보던 친구들도 한순간에 변할 수도 있다는 것을 깨달으면서 이 사람을 어떻다며 평가하는 일조차 얼마나 우스운 것인지 알게 되었다. 그 사람을 잘 안다고 말하는 것은 경계해야 할 일 중 하나인 것 또한.

나는 자연스럽게 도태되고 있다. 할 수 있다는 열망이 점차 꺾이고 있기 때문이다. 그냥 살아가는 날이 조금 많아졌기 때문이다. 그렇지만 괜찮다. 내게 힘을 주는 것은 할 수 있다는 열망만은 아니기에. 가끔은 조금 누워 있다가 일어나 걸어보는 것도 빨리 지치지 않기 위한 방편이다. 이렇게 조금은 알아간다. 이런저런 방편들을.

밤의 소란,
밤의 고요

그곳은 가난, 헤픈 웃음, 바보 같은 말 따위도 쉽게 용서된다. 어둠이 짙게 깔리면 어김없이 극으로 치닫는 외로움이 있다. 밤의 고요와 밤의 소란 사이에서 잠시 고민하다 소란한 그곳으로 걸음을 옮긴다. 비슷비슷한 외로움들이 한데 모이니 어느덧 무수한 마이너스의 곱들이 플러스가 되듯, 아량 넓고 넉넉한 마음씨로 바뀌어 있다.

생생한 열기, 왁자한 웃음소리들. 현실에 발을 단단히 붙이고 있다는 기분.

살아 있음을 여실히 느낄 수 있었기에 나는 잠시 불안의 굴레에서 벗어날 수 있다.

한바탕 그럴듯하게 어울리고 나와 택시를 잡아타고 집으로 향한다. 새벽엔 차도 없는데 신호 정도 무시해주면 어디 덧나나, 요금 늘어나게. 술에 취해 비틀비틀 걸어가는 게 어디 내 의지인가.

그 밤의 끝자락에 서 있는 나는 못되고 약았다.

아침이 되어서야 잠을 청하는 내 모습은 한심했고 곧장 잠이 오지도 않았으니 이제는 아침의 소란함에 기대어 읊조려본다.

아, 시간이 꽤 지난 어느 날 사느라 바빠 외로움도 잊겠구나.

그 밤과 새벽의 시간들이 꿈처럼 느껴지는 때가 오겠구나.

잠시나마 외로움을 나눠 가졌던 그들을, 먼 훗날 그때에는 밤의 고요 속에서나 떠올려보겠구나.

그러니 내가 끌어안고 젊어졌던 모든 외로움들은, 나와 마찬가지로 외로움에 떠밀려 밤의 소란 속으로 걸어 나온 그대들 덕분에 잠시 침잠해 있었노라고.

언젠가 그 외로움의 집합을 꿈의 한 장면처럼 기억하여 아름답게 그려보겠다고 조용히 다짐해본다.

갈피

안녕, 가끔은 생각하는 말.

좋아한다고 말하고 싶다가도 이내 싫어지는 너의 입술.

"난 잘할 수 있을 거야."라고 말하다가도 "왜 이것밖에 안 되지?"라며 자책하는 마음….

매일 만나도 즐거워하는 너희들이 어쩔 때는 귀찮기도 했어. 그러다가도 내가 우울할 때는 한없이 보고 싶었지.

이제는 인정하려 해. 나는 한없이 이기적이야. 이기적인 마음을 감출 수 없을 때가 있어. 그럴 때면 내 자신이 밉기도 해. 그 미운 마음을 모아 모아 편지를 쓴다면 조금이나마 나아질 수 있을까.

"사랑해요." 단 한 번이라도 진심으로 말해본 적 있니? 나는 없어서… 그래서 그래.

걷다가 어떤 생각 중이냐고 물어본다면 뭐라 대답할 수 있을까. 바보 같은 친구는 말하겠지 "네 생각." 나는 이내 피식 웃음을 지으며 대답하겠지. "그래, 설렌다."

쭈우우욱 라떼를 들이켜 목구멍에 넘겨버리고 말도 넘겨버리고 하루를 그렇게 넘겨버리고 끝났지.

아무래도 그렇지 않을까?
그래도 그냥 나이만 든 인간이
되긴 싫단 말이지...
치열하고 섬세하게 향유할거야.
아끼는 사람들에게 애정을 쏟으면서~
후회없이
사는건
참 힘든 거겠지?
page_137

page. 737

Chega de Saudage

'Saudade' 사우다지.

지금 부재한 어떤 것이나 어떤 사람을 향한 아주 깊은 향수, 닿기 힘든 그리움. 그것은 대상일 수도 공간일 수도 관념일 수도 있다.

포르투갈어에만 있는 단어인데 삶에서 그리운 무언가에 대한 감정을 나타내는 말이다. 굳이 번역한다면 그리움, 향수에 빗댈 수 있지만 실제 브라질 사람들이 느끼는 감정의 층위는 한참 다르다고 한다. 한국의 '한'이라는 정서를 다른 언어로 설명하려고 할 때 느끼는 막연함처럼 풀어서 설명하기가 쉽지 않은 단어라고.

너무 정이 들어서 내 일부가 되어버린 것 같은 사람이 떠나가기 때문에 느끼는, 그러니까 내 일부를 떼어내는 것과 같은 아픔이자 동시에 그 사람이 다시 자신의 자리로 돌아가서 잘 지내기를 바라는 행복한 마음이 섞인 감정, 이라고 설명을 한다면 어떤 느낌인지 조금은 알 수 있을는지.

오롯이 온전했던 시절. 그때 온전하다 느낀 것은 너와 함께 있던 순간들, 그것이었다. 이제와 그때가 다시 오기를 바란다면 그건 이젠 욕심이라 함이 맞을 것이다.

그 시기의 완성은 너와 함께 있는 나였다. 내 일부가 되어버린 너. 그 편안함이 좋았다. 안정된 느낌과 온기들. 어느 날부터인가 나는 그 사랑에 조금 더 집착을 하게 되었고 더 많은 불평불만을 품게 되었다. 서로 이해할 수 없는 부분이 생기기도 했고 나중에서는 양보를 하지 않았다. 지쳐만 갔다. 사람에게 지친다는 게 어떤 느낌인지 그때 처음 알았던 것 같다. 나는 이미 약해져 있어서, 그에게 온전하게 내 마음을 다 주어서 그가 아니면 안 될 것을 알고 있었기에…. 자꾸 눈물이 나려고 한다. 내가 무언가 거듭 잘못하고 있는 느낌이다. 어떤 느낌으로 설명할 수 있을까? 당신은 알고 있을까.

포르투갈어에만 있는 그 단어 사우다지를 난 왜 알 것 같을까.

순간에 새긴 영원

기대고 싶은 사람이 있다는 것은 참 좋은 일이다. 불완전한 나를 차분하게 인정하며 그 사람과 도란도란 이야기하는 동안 내 부족한 부분이 채워지는 느낌이 들고, 살아 있음을 느끼게 되기 때문이다. 며칠 전 그 사람과 이야기를 나누며 했던 말들이 나를 슬프게 했다.

"기댈 수 있는 이 순간이 너무 좋은데 이 순간들이 영원할 수 있을까?"

그냥 질문이었을 뿐인데 왜 이렇게 슬펐을까.

나는 아직 어떤 말도 할 수 없는 처지. 내가 지내고 있는 이 순간들이 나의 최대의 경험.

각자가 느꼈던 감정들은 설익었을 뿐이다. 그것을 "와그작." 하고 힘 있게 먹기에는 난 아직 자신이 없다. 그래서 주위에 있는 설익은 것들을 보며 성급히 주워 그것을 조언이랍시고 건네주었다.

그것들의 역량이 떨어져 나간다면 영원하다고 생각했던 것들이 끝나는 순간일 수도 있겠지.

이런 결론을 아직 생각하고 싶진 않다. 슬픔을 잠시 마음속에 감추어두고 곧잘 웃으며 말했다.

"음…. 그렇지만 지금은 확실하게 말할 순 있어 영원하다, 라고!"

나. 상처 받았어.
이게다 쉽게 기대해서 인가봐.
이제 마음같은거 덜주고 받고만 싶다..
@Page_737
그건너무슬프다.
조금 어른이 된 느낌이잖아.

매일을 보다가도 조금이라도 떨어져 있으면 금세 잊혀지기 마련이야. 난 그순간들이 싫어.
비오는데 여기 까지 나와준거야..?

장님

우리는 젊음이 주는 찬란함에 자주 눈이 부셔 길을
잘못 들기 일쑤였고 긴장하고 머뭇거리느라 힘차게
전진하는 법이 없었지. 그저 묵묵히 길을 걷다 어느 순간
희미하게 너울지던 반짝거림이 잠시 모습을 감출 때
눈을 다시 떠 구불구불한 길을 뒤돌아보거나 갈림길의
한쪽을 선택하기도 했어. 우리는 그렇게 찬란함을 눈에
담고 눈이 먼 채 더듬더듬 살아갔지.

내 것과
내 것
아닌 것

또 펑펑 울었다.

우울함, 그것들을 꺼내어 보기 위하여.

"그게 뭐라고 그토록 어려웠을까?"

어떻게든 설명해보려고 하지만 할 수 없다는 것을 안다. 그래서 눈물을 흘려버릴 수밖에 없는 것이다. 눈에 보이는 배설을 해야만 나는 속이 풀린다.

이따금 내 인생에 연민을 느낀다.

예를 들면 집에 들어가는 조용한 밤 골목에서 저벅저벅 걷는 순간에, 얕은 잠을 자다가 잠깐 깨어버렸을 때의 어중간한 새벽에.

며칠 전, 엄지손가락을 크게 데어 화상을 입었다. 살갗이 달아올라 껍질이 생겼다. 곧 떨어질 것. 이제 내 것이 아닌 것. 그러나 아직까진 내 것인 것.

껍질이 나를 외롭게 쳐다본다.

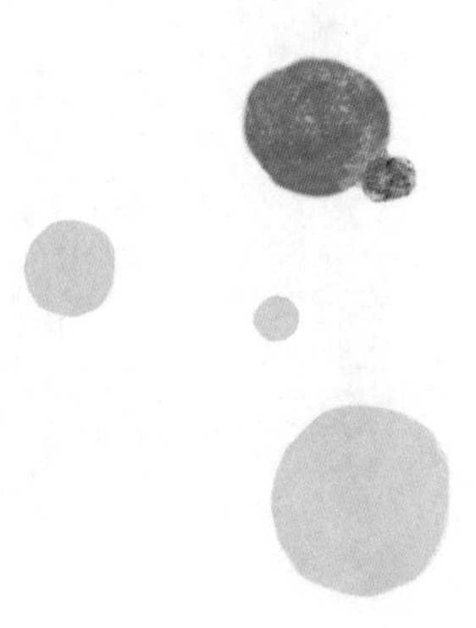

① 그런게 지쳐갔어. 말할수도 없으면서 알아주길 바라는 나도 싫었고..
page-737
아. 진심을 ② 매순간 꺼내놓을순 없잖아..

이상한
이별

신경 안 쓰고 살았다고 생각했는데 또 그 사람 꿈을 꾸었다. 나는 다 잊었다고 말했는데 왜 내 앞에 나타나서는 그 앞에서조차 나에게 먼저 이렇게 말하더라.

"왜 연락 안해?"

왜 연락을 안 하느냐니. 뻔뻔하기는. 그렇지만 그 사람 앞에서는 우물쭈물하고 있다. 왜 나는 꿈속에서도 죄인이 되는 것일까. 연락하지 않는 매정한 사람으로.

오해를 가지고 살아가는 것은 불안의 연속이지. 서로의 오해를 풀기에는 우리는 이미 멀리 와버렸다. 서로 잘살면 그저 그만인데, 꿈에 매번 나타나는 건 좀 심하잖아.

할 말이 사실 많았지만 그 사람을 보면 버거운 느낌이 들었던 나는, 또 그 분위기를 알아차릴 너도 힘들었을 것이라는 가정하에 이상한 이별을 한 것이다. 사실 끝까지 그 사람을 생각했었던 나였는데, 그 배려가 되돌아보면 오히려 이기적이었던 것 같기도 하다. 그때 혼자만의 다짐을 했다.

최선을 다해서 좋은 사람이 될 거야. 좋은 사람이 되면 그렇게 되면 저절로 내가 말하려 했던 것들이 표현되지 않을까. 나는 이런 말을 하고 싶었다고. 내가 원하는 건 너의 절망이 아니었다고.

시간이 지나 약해진 다짐은 또 다르게 바뀌었다.

그래. 차라리 오해하며 살자. 그렇게 살다가 혹시나 나중에 마주치게 되더라도 아는 척은 하지 않기로 하는 거야. 그저 각자의 삶에 품은 아름다운 추억이라고 생각할래.

그 사람을 위한 좋은 사람이 되겠다는 다짐들은 희미해져만 갔다. 내가 왜 그런 생각들을 했을까? 한없이 상처받았던 건 내 쪽이었는데. 생각은 그렇게 방향을 틀어 나아갔다.

나는 이제 그 사람 생각을 많이 하지 않는다. 사실 좋았던 내 추억들이 바래지 않을까 하는 두려움을 가지고 무책임한 말들을 앞세워 그 사람과의 추억들을 묻어버리며 살고 있다.

기억은 잊어버리다가도 문득 등장하기도 한다.

늘 그렇다. 잊었다 생각한 것들은 잠시 숨어 있을 뿐이고, 가슴 한 켠에 묻어두었을 뿐이라고 잠시 생각했다.

틀어진
궤도

나는 너를 사랑할 수밖에 없었는데 어쩔 수 없다는
말 들으면 어쩔 줄 몰라 울 수밖에 없었는데
이젠 변해버린 거지. 변하면 후퇴는 할 수 없더라.
저벅저벅 앞으로 걸어가는 수밖에.

흔들리며
걷는다는 것

남들은 쉽게 쉽게 해내는 것 같은 일들이 있다.

토익 점수를 높게 받거나 자격증을 따거나 다양한 수식이 붙은 공모전에 나가서 상을 타오거나 회화를 잘하거나 뭐 각자가 가지고 있는 조금씩의 무기 같은 것 말이다. 그런 무기를 하나둘씩 장착하고 있을 때 그쪽으로는 미동도 않는 나는 그런 생각을 해본다. 기본적으로 해내는 것들을 하지 않는다면 나에게 기회조차 주어지지 않을 것임을.

그러나 동시에 매번 의구심이 든다. 똑같이 주어진 이 시간에 미래를 위하여 구비해놓는 이런저런 스펙들이 과연 내가 가고자 하는 인생에서 의미가 있는 것일까?

여행을 가서 경험을 하는 게 나에게 더 느끼는 바로 다가오지 않을까? 경험들을 하기 위해서 돈을 버는 게 나에게 더 값진 것이지 않을까….

조금은 버겁더라도 미래를 장담할 수 없는 내 선택을 고수하는 것이 맞는지, 많은 상황들이 내게 아니라고 말하고 있는데 내가 넘치게 욕심을 부리는 것은 아닌지, 내가 확신을 가지며 골라온 사소하고도 수많은 선택이 이제와 돌아보면 과연 옳았던 것들인지.

아직 나는 나를 잘 모르나 보다. 내 인생을 자꾸 망설이기만 하고 있다.

머리가 커가면서
정말 좋아하는것들을
찾기가 쉽지 않아.
맞아. 그럼에도
좋아 하는 것을 찾는 행운이 온다면
최선을 다해 소중히 여겨야 해.

오늘의
나

내가 처음으로 번 돈으로 가족들에게 외식을 제안했다. 가족들과 외식을 하면 한바탕 전쟁이 일어난다. 고집 센 사람 네 명이서 모였다 하면 말하지 않아도 알 것이다.

갓 성인이 되고 부모님과 많이 싸웠던 것 같다. 나도 머리가 크고 책을 읽고 엄마 아빠의 말이 절대적으로 맞는 것은 또 아니라는 사실을 깨달았을 때 조금 충격을 받았는데, 거기에 약간의 반항심이 덧붙어 변하기도 했다. 엄마 아빠는 열성적인 부모는 아니었다. 낳아놓고 살기 바빴고 나는 태어나서 살아남기 바빴다.

난 이렇게까지 컸다는 데에 스스로 대견함을 느낀다. 그 기특함을 보여주기 위하여 외식을 제안한 것이다.

저녁을 먹으면서 부모님께 용돈 봉투를 쥐어드렸다. 기분이 참 이상했다. 내 돈이 나가는데 전혀 아깝지 않았으니까. 오히려 뿌듯함이 몰려왔다.

집에 돌아와 따뜻한 물로 샤워를 했으며, 샤워를 하니 자정이 조금 넘은 시각. 잠이 솔솔 왔다. 그러고는 한 번도 뒤척이지 않고 잠이 들었다. 새벽 3시에 깨긴 했지만. 휴대폰을 확인하니 부재중 전화 하나, 카카오톡 63개. 물론 단톡방이겠지만.

나는 핸드폰이 울리면 바로 깨는데 이렇게 많은 연락이 왔어도 깨지 않았다니. 내심 기분이 좋았다. 누군가가 잠을 깊게 잤다고 말하면 참 부럽고 기분 좋았는데….

눈이 떠진 김에 어제 메모했던 것들을 다시 펼쳐 인터넷에 검색하며 정보를 얻었고, 몰랐던 것들을 알게 되었다는 자만심으로 슥슥 적어 내려가면서 메모장의 빈 공간들을 채웠다.

시간이 없어서 배경만 칠해뒀던 그림을 다시 시작하려 붓과 물을 준비했고, 물론 살색만이 온전한 살색이 아니라는 것을 알고 회색, 갈색, 분홍색 등을 섞고 칠해보았다. 조금 더 완성된 색감들이 나를 더욱더 만족스럽게 만들었다.

다시 누워 'arco'의 음악을 튼다. 이들은 왜 해체를 했을까. 이렇게 좋은 음악을 가슴에 남겨두고.

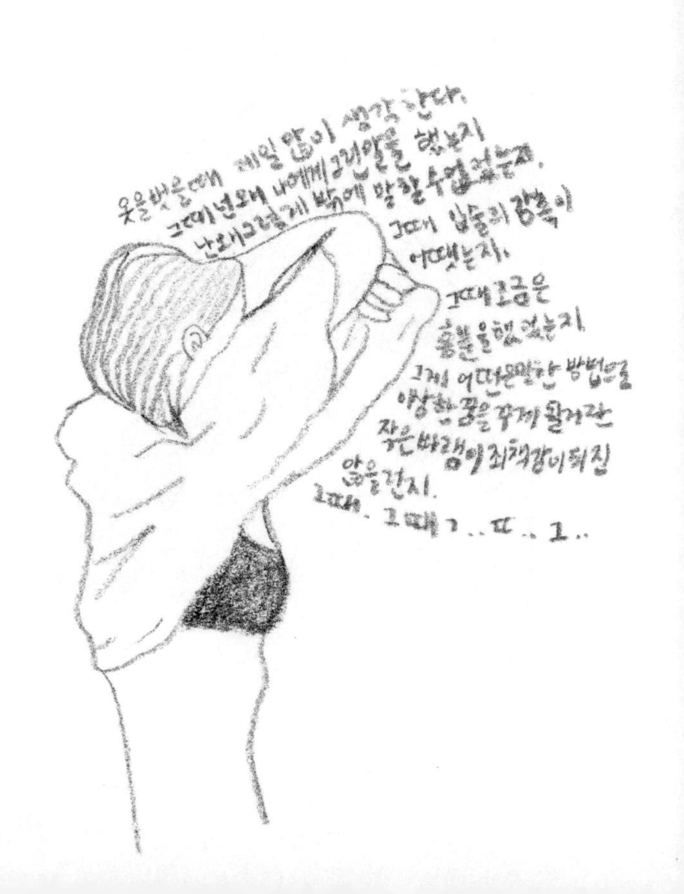
옷을 벗을 때 제일 많이 생각한다.
그때 넌 왜 나에게 그런 말을 했는지
난 왜 그렇게 밖에 말할 수 없었는지.
그때 입술의 감촉이
어땠는지.
그때 조금은
흥분을 했었는지.
그게 어떤 은밀한 방법으로
이상한 꿈을 꾸게 될 거란
작은 바램이 죄책감이 되진
않을런지.
그때.. 그 때ㄱ.. ㄸ.. ㄱ..

너만 유달리 외로운거
아니야
누구도 너의 외로움을
채울수 없어.
page_737

녹사평
2번 출구

친구와 만나기로 약속한 이태원역에는 생각보다 빨리 도착할 것 같았다. 무엇을 할까 고민하다 녹사평역 2번 출구 가로수길이 생각나 목적지를 바꾼다.

출구로 나와 호젓하게 앉을 수 있는 곳에 착석 후 며칠 전에 새로 산 책을 펼친다. 갖고 나와 읽을 수 있을지 없을지 몰라도 들고 다닌 것을 다행으로 여기고 조심히 종이를 넘기며 문장들을 읽어 내려간다.

오는 길에 친구에게서 문자를 통해 정준일 노래가 새로 나왔다는 소식을 알게 된 참이었다. 음원 사이트에 들어가 설레는 마음으로 정준일 신곡을 무한 반복해놓고 말이다.

'가는 봄에게 목례를-죽은 아빠에게'라는 챕터를 읽는 중이었고 길 한가운데에 앉아서 울어버린다. 울 준비가 되어 있던 사람처럼. '정준일' 목소리에 '죽은 아빠'에게라니….

"여기까지 쓰다가 여러 번 멈췄어 . 생각을 하지 않고 지냈는데 갑자기 당신 생각이 한꺼번에 밀려드니 힘드네. 있잖아, 장롱에 아슬아슬 쌓아놓은 이불들이 기어코 한꺼번에 쏟아지는 것처럼. 아빠가 쏟아지네. 감당 안 되는데 아프진 않아."**

혹은 "충분히 사랑했잖아요 우리" 같은 말은 나를 너무 슬프게 한다.

때는 바야흐로 여름이었고, 햇빛의 뜨거움을 잔뜩 머금은 오후의 시간이었다. 녹음은 농도 진한 여름 풍경을 자아내고 있었으며, 나뭇잎 틈으로는 빛이 반짝였다가 사라졌다가를 반복하고 있었다. 그 풍경 속에서 읽어 내려간 문장 사이사이로 돌아가신 이모와 외삼촌이 자꾸 떠올랐다. 나에게 한없이 다정했던 분들이었다. 그분들의 죽음은 나에게 충격으로 다가왔었고, 그 앞에서 죽음이라는 단어가 비로소 어떤 의미인지 알게 되었다. 내가 만나는 사람들이 언제까지나 함께 있을 거라는 오만함은 왜 죽음 앞에서만 겸손해지는 건지.

오늘은 기분이 그다지 좋지는 않다. 갑자기 조금 회의감이 든다 해야 할까. 이것 또한 잠시의 감정이겠지만, 오늘은 영 그럴 것 같다.

해가 진다. 또 너무 예쁘다. 구름도, 은행잎도, 외국인들도. 나도 곧 다시 예뻐져야지. 예뻐져서 친구에게 예쁜 웃음으로 함께함에 감사를 표해야지.

**박연준 산문집 『소란』(북노마드)의 문장을 본 것입니다.

편안해지는 느낌이랑
마음이 식었다는 느낌은
엄연하게 다르게 느껴져.
구분 못하는게 이젠 바보라고
생각될 정도니까.
후자는
뭔가 본능적으로 느껴지지 않니?
짜증나고.. 자리감들고..

별일

깊은 잠에 빠지지 못하고 또 일어나버렸다.

얕은 잠도 이제는 숙명이다. 다시 길게 주어진 불안의 밤. 동시에 활발하게 활동을 시작하는 신피질. 과거에 대한 미련과 미래에 대한 걱정을 또 한꺼번에, 과제처럼 우르르 쏟아내면 눈물이 고이기 마련이다.

술에 의존하는 사람들을 부러워하기도 했다. 술 마시는 속이야 모르지만, 뭐 그런 자기 자신을 가누지 못하는 모습이 철없는 어른 같아 보인다고 해야 하나. 그게 조금 부러운 적도 있었다. 무거운 것들을 자주 들고 있으면 옆에 있는 것들은 다 멋지고 재미있고 쉬워 보였다.

생각해보면 들고 있을 필요도 없는 것들인데 마음 약한 것들이 차곡차곡 무엇인가를 쌓이게 만들었다.

때로는 철없어 보이고 싶다. 마냥 놀고 싶다가도 시간이 생기면 우물쭈물 집에 있다가 하루가 가버리는 일들이 허다하여 조금은 바보 같다. 놀고 싶은 것들의 목록을 평소에 매겨보아야 하는 일인가…. 또 이런 생각들이 꼬리에 꼬리를 물고 잠들기는 글렀구나 결론이 내려져 결국은 불을 켜버린다.

이럴 땐 고양이가 부럽다. 고양이들은 신피질이 없다고 들었다. 과거와 미래의 개념이 없어 단순하다고. 때로는 그냥 아무 생각 없이 고양이처럼 잠들어보고 싶다.

뭘하든
항상 그 다음이 있기 마련이야.
그냥 난,, 지금을 잘 감당하고
사는게 중요하다고 봐..

①언제 이렇게 스타일이 바뀐거야? 더 깊고 단단해진 느낌이야.
사람은 누구나 성장하고 변할 가능성이 있어. 믿어주는 누군가가 있다면. ②
Page-131

걷기와
성찰

생각이 많아질 때는 산책을 한다. 대개 해가 밝게 내리쬐는 날이면 더 좋다. 아무것도 바르지 않은 민낯으로 편한 복장을 한 채 문밖을 나서면 이제 꽤 선선한 바람이 코에 스민다. 단숨에 한 번 크게 들이쉬고 내쉬면 복잡했던 감정 같은 것들도 같이 쓸려 나가는 느낌이다. 터벅터벅, 팔자걸음은 영 나아질 기미가 보이지 않는다. 신경 써서 걷는다고 걷지만서도 이내 양옆으로 살뜰하게 나와버리는 발들. 팔자겠거니.

빠르지 않게 그저 서성거리듯 찬찬히 걸으면 그동안의 생각들이 하나씩 몰려온다.

전에 했던 행동들, 내가 하는 일들, 후회들. 대개 신나는 일들은 아니다. 천천히 걷다 보면 한 발짝 물러나서 나를 보게 된다. 그렇게밖에 할 수 없었던 나와 이해할 수 없었던 그들의 행동 같은 것들. 이미 지난 일 가지고 무슨 생각을 그렇게 하느냐고 평소에 잘하지 그랬느냐고.

물론 평소에 잘하다가도 순간적인 선택들과 그때 나도 몰랐던 내가 튀어나와 했던 행동들이 다들 있지 않은가. 뭐 대부분 그런 것들이 여지없이 생각난다.

아무래도 좋다. 이미 지난 일인 것을 어쩌겠는가. 사람이란 항상 후회를 하며 자신을 고양하는 동물들이 아니었나. 이런 일을 겪고 나면, 그래 다음부터는 똑같은 행동을 하지 않아야겠다 싶고, 또 조심하거나 되도록 피해가거나 하자는 다짐을 할 수밖에 없다.

그러곤 괜찮다, 괜찮다 다독여주는 것이다. 조금은 부끄럽지만 '괜찮다'라는 말을 중얼거리면서. 왠지 정말로 마음이 조금 침착해지며 용기를 얻는 기분이다.

햇빛은 여전히 내 얼굴을 비추고 풀들은 스르륵 누군가의 말에 따라 마냥 움직이는 것처럼 줏대 없다. 그럼에도 자기 자리는 꿋꿋이 지키며. 조금 흔들려도 괜찮다는 듯이.

보이는 모든 것들이 끝없이 공하고 또
공하도다. 우리가 황홀한 눈으로 바라보는
아름다운 여인이 찰나의 순간에 늙고 병든 모습의
노인의 모습으로 우리앞에 다가설 것이다.
그를 뛰는 심장과 충혈된 눈빛으로 바라보는 스스로도 영원하지 않으니.. 지금 눈앞에 보이는
것중에 수년, 아니 몇시간 뒤에 존재하지 못할것이 수없이 많으니 대체 어떤것이 존재한다 할수
있을까. 한시간 전에 내가 지금의 내가 아니듯, 눈앞에 보이는 것들도 진실로 존재한다 할수 없
것이다. 대체 어느때를 나라고 할것인가. 나라는 관념도 마땅히 공한것이니 모든것이 공하다 한들
틀리겠는가. 내가 있다. 네가 있다. 어떤물건이 있고 그것이 탐이난다 하는것도 공한것이다.
올곧게 그 모든것은 처음부터 끝까지 지켜본자가 있으니 그 또한 나 이다. 나... 내가 없다면
어디 있는가. 들판의 파릇한 냄새가 그 맡을 내가 없는데 풀잎은 어디에있는가. 나는 있으되
으되 있으니 그 까닭은 이러하니라. 만물은 한순간에도 그대로 있지 않고 변하니 한시간전에
이미 그 우리가 아니다. 그때 보이는 그것이 영원하다 믿는 아집이 어리석음이다.
찰나 찰나 다투는 아무것도 없으면서도 꽉찬 나는
MIN

런던 호텔

뭐든 배우고 싶었다.

불어를. 포토샵을. 예술을. 네일을. 미용을.

부족한 건 한참 많다고 생각했다. 언니는 나에게 말했다. 그냥 시집이나 잘가면 그만인 인생, 뭘 그리 배우려 하느냐고. 끄덕거렸지만 속으로는 푸우- 하며 혀를 내밀었다.

컴퓨터를 켜고 학교에서 운영하는 무료 수업이나 구청에서 운영하는 강의등을 보았다. "드르륵 드르륵…." 마우스 휠을 청승맞게 올렸다 내렸다 움직여보았다.

마음에 드는 게 몇 개 있어 메모지에 적어놓고 알 수 없는 기대감으로 부풀어오르는, 마치 내가 저 강의들을 다 들으면 완벽한 사람이 될 수 있을 것만 같은. 왜인지 모르는 자신감이 생겨버릴 때즈음, 문자 도착 알림이 울렸다.

"딩동."

광고 문자는 수없이 많이 받았고 이번엔 무슨 광고일까, 바로 지워버려야겠다는 마음으로 잠금해제 패턴을 풀었다. 메시지를 확인했으나 손가락은 머뭇거리며 삭제 버튼을 함부로 눌러버리지 못했다.

'〔web발신〕

11/19기준〔16-2학기〕대출이 연체중입니다.

확인 후 빠른 정리 부탁드립니다 -한국장학재단-'

그저 그뿐이었다. 문자 한 통이 왔을 뿐.

몇 자의 단어들이 조합된 문장 주제에 그것들은 '네가 무슨 공부야. 뭐라도 빨리 해서 대출 받은 것들이나 갚아.'라고 책망하는 듯했다. 그녀의 마음은 서서히 희망에서 절망으로 변해버리는 느낌이었다. 단단했던 마음이 다시 몰랑거리며 휘적휘적 녹아내린다.

그녀는 책상에 오른쪽 고개를 틀어 얼굴을 대고 엎드렸다.

한숨을 쉬는데 어쩐지 불편한 자세이지만 자신도 모르게 푹푹 숨을 내뱉는다. 그럴 때마다 옆에 있던 3M포스트잇 종이가 파르르 떨렸지만 메모지 뭉치라 그런지 견고한 접착력을 뽐내며 한숨을 수비한다.

다시 책상에서 얼굴을 떼어 메모지를 한 번 더 읽어본다. 적힌 것들은 어쩐지 슬펐다. 거기에 적혀 있는 '봉주르 프랑스어 첫걸음-(강사 김한진)'은 첫걸음을 영원히 떼지 못할 것 같다는 생각이 들었고, 학자금 대출 갚을 여유가 없는 내가 너무 미웠고, 순간 공부라는 것도 결국 사치라는 잠정적 결론을 내리는 내 자신이 딱했다.

무기력하게 화장실에 가서 변기에 앉아 SNS를 열었다.

3분 전에 런던에서 어학연수 중인 주희가 사진을 올렸다. "Good place! Love it!" 이라는 글과 함께 호텔에서 수영하는 사진이 있었다. 그녀는 웃고 있었고 몸매도 예뻤다.

사진을 물끄러미 보다가 갑자기 분노가 치밀어 올랐다. 이건 무슨 분노일까. 주희에게 향하는 시기심이었을까. 하지만 주희는 참 착하고 다정한 친구인데, 그런 마음은 아닐 거야.

그보다도 그녀와 같은 학교를 나와 평평하고 평등한 길을 걸을 줄 알았던 나의 생각은 착각이었다는 미련한 깨달음과 지금 나의 상황에서 느끼는 감정, 말하자면 부끄러움이 수반이 되었을 이상한 분노였겠지.

쥐고 있다가 얼결에 화장실까지 가져와버린 메모지를 박박 구겨 휴지통에 힘차게 던졌다. 그러나 모서리에 맞고 튕겨져 나간 메모지는 덩그러니 휴지통 옆에 안착하게 되었다.

변기에서 일어나 손을 씻고 뒤를 돌아보니 메모지가 슬프게 나를 바라보고 있었다. 눈을 마주치지 않으려고 해도 자꾸 뭐라 말하는 것 같다. 에라, 모르겠다. 다시 구겨진 메모지를 주워 방으로 들어간다.

책상에 앉아 컴퓨터 모니터에 켜두었던 것들을 한 번 살피고 창을 닫았다. 그리고 종료 버튼까지 눌러버린다. 뭔가 이젠 더 이상 생각하긴 싫었다. 그 대신에 아까 힘껏 구겨버린 메모지를 다시 조심스럽게 좍좍 펴서 프랑스어 첫걸음 수강 신청일을 다시 한번 상기하고 만년다이어리에 날짜에 맞는 칸을 찾아 적어놓았다. '7/19 봉주르 프랑스어 첫걸음 수강 신청일' 좍좍 펴진 메모지는 만년다이어리 맨 뒷면 명함꽂이에 들어가게 되었다. 그녀는 이제 할 일을 다 했다는 듯 다이어리를 팍 덮고 침대로 몸을 던진다.

애써 눈을 감았지만 꼬깃하게 구겨버린 메모지가 계속 생각나는 것은 왜일까….

2부

너그럽게,
시간이 필요하겠구나

이해해주면
안 되니?

드리는 말씀

언니,

11월 중순에 이렇게 따스한 날씨가 가능하다니 어색해요.

3년 전 오늘, 그러니까 2014년 11월 17일에 저는 프랑스로 출국했었는데 그게 벌써 3년 전 일이라니 그 이후로 난 뭘 했나, 하는 생각도 들어요.

요즘에 말하고 싶지 않은, 내 안에만 담아둔 힘든 일 때문에 별안간 지하철에서 왈칵 눈물을 쏟거나 저녁에 혼자 방에 틀어박혀 우는 일이 잦아요. 그런데요, 신기하게 그게 영감이 되어요. 언니가 말한 예술가들의 작업은 슬프지만 사실 강하다는 말을 조금이나마 알 것 같아요, 고마워요.

그때 조금 취해 말하지 못한 게 있어요.

언니의 따스한 말투와 좋은 감정이 느껴지는 눈빛이 위로가 되었어요. 뒤늦게 말해 또 부끄럽지만 그래도 알아주었으면 좋겠어요. 서울로 꼭 오세요. 저도 멋진 곳 알아놓을게요!

오늘은요, 날씨가 너무 좋아서 일부러 경복궁 쪽으로 에둘러 걸었어요. 하늘과 낙엽들을 보며 곧 괜찮아질 거라는 아니면 꼭 괜찮아지지 않아도 될 것이라는 생각도 해보았아요. 이렇게 내가 성숙해지는 걸까 생각도 조금 해보았구요. 잘 모르겠어요. 사실 정답은 없는 거니까. 누군가에게 물어보고 싶지는 않아요. 그래도 저는 제가 잘 해나갈 것이라는 생각이 마음 깊은 곳에 단단히 자리 잡고 있으니까, 너무 걱정하지 않아도 될 것 같아요.

언니, 너무 내 이야기만 해서 미안하기도 하네요.

곧 봐요.

코너 앞에 서서

"내가 경험했었던 일을 다른 사람도 똑같이 겪고 있는데, 그 사람이 그 일을 하면서 징징거리는 모습을 봤어."

"예를 들면…?"

"뭐 간단하게는 운동이나, 내가 했으면 더했지 싶은 것들에 대해서 말이야. 그런데 그 사람이 불평하고 불만스럽게 투정하는 모습을 보면서 속으로 '그 정도로 대단한 문제는 아닌 것 같은데 왜 저런 일로 저렇게까지 칭얼댈까?'라는 생각이 들더라고."

"…."

"문득 그런 생각이 들었어. 누군가 나를 볼 때도 내가 하는 고민이나 불안이 정말 별것 아닌 건 아닐까, 하고. 지금 내가 어려워하고, 시작도 하지 않은 채 두려워하는 일들이 어쩌면 그냥 해도 별것 아닐 일인데 괜한 두려움에 사로잡혀 있는 게 아닐까?"

너를 소중하게 여기지 않는다면
미련을 두지 않는게 좋아.
그런일로 초라 해지기에
너는 너무 소중한 사람이야..
...

밤의
감정

이번에 예쁜 속옷을 사서 기분이 조금 좋아졌어.

친구1은 누구한테 잘 보이려고 사느냐며 음흉하게 웃었지만 그건 나만의 자기만족이다, 요것아.

배도 부르고 살도 빼야 한다. 거울을 보면 만족감이 안 들잖아. 조금 슬퍼지려고 하잖아.

저번에 추천해준 노래 너무 감미로와 하루 종일 듣고 있어. SNS에도 올렸다니까?

"너무 좋은 노래."라고 추천했어. 나만 듣기 아까운 것 같았달까?

썸이라고 생각하는 그 남자앤 왜 연락이 뜸한 거야.

이미 내 친구들 사이에서는 사귈 거라고 결정이 났는데… 나만의 착각이었니? 아, 모르겠다.

냉장고 안에 있는 팩을 해야겠어. 어, 그런데 문을 여니 어제 먹다 남긴 티라미수가 있네.

아, 저녁인데… 맛있겠다. 그냥 먹지, 뭐.

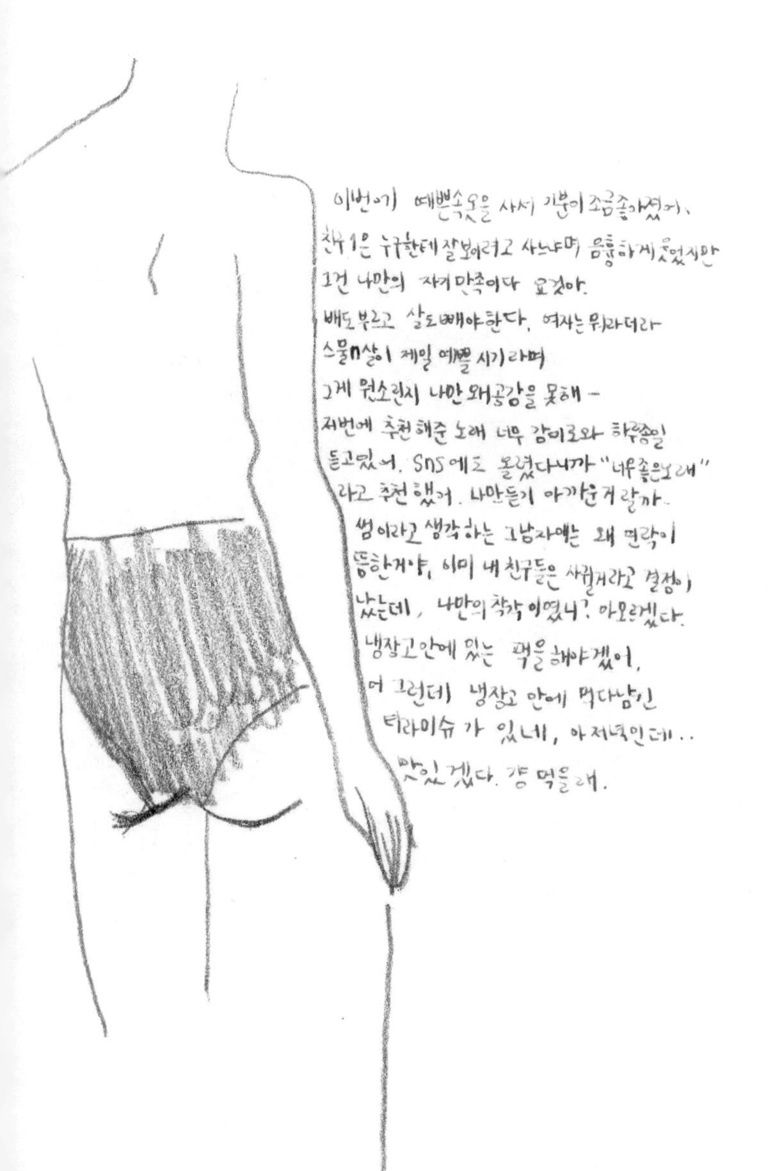
이번에 예쁜속옷을 사서 기분이 조금좋아졌어.
친구1은 누구한테 잘보이려고 사느냐며 음흉하게 웃었지만
그건 나만의 자기만족이다 요것아.
배도부르고 살도빼야한다. 여자는 뭐라더라
스물n살이 제일 예쁠 시기라며
그게 뭔소린지 나만 왜공감을 못해 –
저번에 추천해준 노래 너무 감미로와 하루종일
듣고있어. SNS 에도 올렸다니까 "너무좋은노래"
라고 추천 했어. 나만듣기 아까운거랄까.
썸이라고 생각하는 그남자애는 왜 연락이
뜸한거야. 이미 내 친구들은 사귀라고 결정이
났는데, 나만의 착각이였니? 아모르겠다.
냉장고안에 있는 팩을 해야겠어.
어 그런데 냉장고 안에 먹다남긴
티라미슈 가 있네, 아 저녁인데..
맛있겠다. 걍 먹을래.

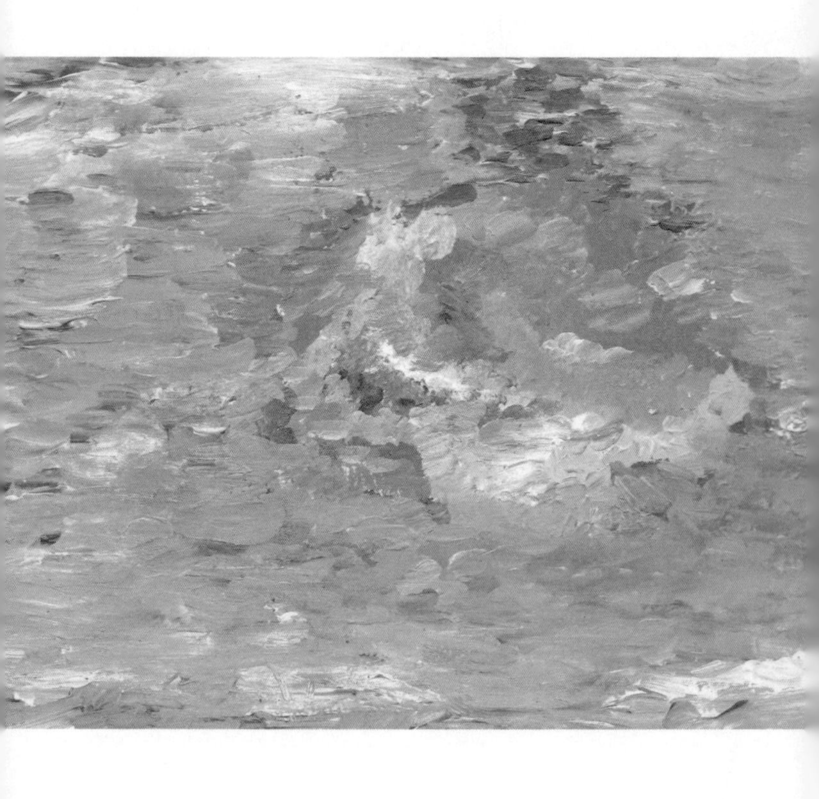

눈물 흘리기
좋은 장소

행복의 이유는 여러 개이지만, 단 한 가지 이유로 깊은 불행에 빠져 처음부터 몰랐던 사람처럼 헤어질 수도 있었다. 강북에서 강남으로 넘어가는 버스 안. 다리 아래로는 한강이 폭도 넓게 흐르고 있다. 수면에 부딪혀 부서지는 빛에 취해 눈물을 뚝뚝 흘린다. 창밖을 바라보는 척하면서.

이 눈물에 대하여 나는 물어보고 싶은 것들이 많다. 한참을 그렇게 흐르는 대로 두고 나면 볼 사이로 냇물이 생기고 또 거기서 길이 만들어지고 그 길 위에 어떤 것들이 나열된다. 미처 언어가 되지 못한 상황과 이유들이 그것인데, 그들은 변명이라는 이름으로 치부되어 쉽게 말로 풀어지지 않는다.

속으로는 나만의 이유가 있었다고 외치고 싶은 것들이 눈에서 나오는가 보다.

아무렇지 않은 척하고 내리면 그것들은 언제 그랬냐는 듯 어디론가 사라져버린다. "나는 왜 그랬을까, 그 사람은 왜 그런 걸까?" 힘들게 생각해낸 이유들은 그렇게 자주 잊게 된다. 그때는 당당하게 말할 수 있을 것 같았는데. 나는 또 구차한 사람이 되어버린다.

구차한 사람들은 항상 슬프다.

서운함과 아쉬움이 늘 마음속에 일렁이고 있기 때문이다. 섭한 마음들을 자세히 들여다보면 다만 그들은 상대방이 조금만 이렇게 해줬으면, 하고 아주 조금 기대했을 뿐일 텐데.

타인은 타인, 나는 나. 그러니 기대하지 말라고들 한다. 그러나 나는 살며시 그들 편에 서서 생각해본다. 오히려 순수해서, 너무 순수해서 그랬을 거라고. 너무 오만한 생각일까?

순수한 것들은 이제 없다(이럴 수가! 생각이 다시 꼬리를 물기 시작했다). 나에게 남은 건 내 눈앞 탁자에 의젓하게 놓여 있는 순수 100퍼센트 우유팩뿐이다. 대체 순수하고 고귀한 것들은 어디에서 찾을 수 있을까? 갓난아기에게서? 아니면 내가 키우는 동물에게서? 식물들에게서?

어쩌면 아직 모르는 것들이 너무나도 많기 때문에 우주 안에서 제일 순수한 것들은 인간일 수도 있다고, 우리가 저지르는 흉악한 것들은 사실 아무것도 아닐 수도 있다고, 순수라는 틀을 가둬두고 이것저것들을 순수하다고 칭하는 것이라고.

아직까지 많은 생각은 꼬리를 물고 나를 찾아온다.

알잖아,
단지 나는 안정감이
필요했던 거

"안정감을 느끼는 기분은 어떤 느낌이야?"

문득 그 사람이 나에게 물었을 때 나는 무어라 대답할 것이 없었다. '나도 안정감이란 걸 느껴본 적이 없는데.' 굳이 돌이켜 기억하고 기억해서, 어머니의 배 속에 있었을 때라고 말하면 장난치지 말라고 말할 게 분명할 것이었다.

원한 적이나 있었던가? 그저 우리는 주어진 일을 열중하는 시간들만 가져본 것이다. 뒤처지지 않으려 자주 뛰었고 그러다 다 같이 우르르 쉬다가 또 우르르 뛰고 그랬던 기억밖에 없다. 그래서 구태여 안정감에 대해 생각조차 해본 적도 없고 흘러가는 대로 머물러 있었다는 느낌뿐이었다. 이어 그 사람은 말했다.

"좋다가 싫을 때가 종종 있지. 그렇게 될 때 '싫을 때'의 감정이 너무 커져버리면 '좋은 때'를 잊게 되는 거 같아. 그렇게 잊어버린 거, 잃어버린 게 너무 많다는 기분이야. 그래서 자꾸 지쳐. 난 이제 좀 안정되고 싶어. 안정된 느낌이 어떤 건지 느껴보고 싶어."

그를 항상 옆에서 봐왔기에 그가 어떤 말을 하고 있는지 나는 이해할 수 있을 것 같았다. 동시에 그 말에 숨은 의미들이 야속했다. 내 마음까지 들킨 기분이 들었기 때문이다.

무심해 보여도
다 알고있지,
너는 잘해 낼수 있는 사람
이라는거~
@page.737

난
당신의 편

"솔직히 가기 싫은 술자리였거든, 아니 학생이랑 선생들, 다 같이 있는데 내가 뭐하러 껴. 아, 솔직히 그냥 가기 싫었어. 근데 자꾸 원장이 가자고 하는데 어떻게 배겨. 그러다가 가서 술 마셔서 막 정말 지랄했지~. 나 혼자 취해가지고. 솔직히 나 완전 흑역사 만들고 아, 몰라! 여기? 여기 지하철 안 들려? 나 음량 최대야! 지금은? 지금은 들려?"

집으로 가는 지하철 안은 피곤한 기색이 역력한 사람들로 복작거린다. 나는 문이 열리는 곳 앞에 바싹 붙어 서서 바로 내릴 준비를 하고 핸드폰만 뚫어져라 주시하고 있다. 내 옆에 있는 여자는 아까부터 누구에게 전화를 걸어 이야기를 하고 있었다.

사실 이어폰을 꽂아 노래를 듣고 있었지만 단번에 통화인 것을 알게 된 까닭은 너무 시끄럽게 이야기를 해서였다. "아 진짜! 그랬다니까? &@$;" 처음엔 그저 잘 안 들려서 그랬겠거니 했지만 데시벨은 낮춰질 기미가 없었다.

겉으로 보기에 평소 같았으면 정말 조용조용할 것처럼 생긴 그녀였다. 고분고분 남에 말에 동의 잘하고 잘 참고. 그런데 오늘은 얼굴이 벌게져서 취해서는, 술자리에서 하고 싶은 말 다 하고 혼자 먼저 나와서, 취기는 취기대로 오르고 그 부끄러움은 자꾸 가시질 않아 헛헛한 마음에 친구에게 전화를 돌려 애꿎은 '솔직히'라는 단어를 자꾸 반복하여 말하고 있다.

그녀는 살아가면서 얼마나 솔직해지고 싶었을까? 학원에서, 원장 앞에서, 학생들 앞에서, 자신에게서…. 그래서 오늘은 술기운을 빌려 솔직함을 내보였더니 아뿔싸, 이게 아니었다.

후회와 혼돈은 그녀의 어깨 위에 무임승차하여 집으로 가는 지하철 안에서 점점 크기가 커지더니 그녀의 목소리까지 증폭시켰다. 그리하여 사람들은 그녀를 흘끔흘끔 쳐다보며 결국 지하철 민폐인으로 인식했을 것이다. 하지만 나는 그 통화가 참 슬펐다.

그녀만 응한다면 같이 술 한잔 더 하고 싶었고 나는 사람들이 이렇게 생각해주길 바랐다. 잠시 고삐 풀린 것이라 치자. 그냥 억울하고 창피해서. 부조리한 세상이다. 솔직하게 말하면 탈나는 세상에서 어른이 되기 위하여 부단히 노력하고 있는 한 사람이, 지하철 칸 안에 있는 사람들에게 술주정 한 번 부린 것이라고. 그럴 수도 있을 거라고. 이 순간만큼은 그녀가 다음 날 찬물 마시고 해장 잘하고 앞으로 잘살았으면 좋겠다고 생각했다.

왜인지는 잘 모르겠으나 내 또래 같았으니까.

이제 계절이 바뀌었으니까.

파도

넘실대는 감정이 아직 메마르지 않았으니

종이가 가까스로 일어날 때즈음

글씨를 써야겠다.

나의 마음을 턱없이 작은 표현들로는

도무지 쓸 역량이 되지 않으니

지그시 기다리고 있다 썰물이 서서히 올 때즈음

운을 떼야겠다.

우리가 각자 무얼하며 사는지는
중요치 않아.
그냥 같은 시간에 각자 할 일 하며
서로에게 응원 보내고 있으니까.

새벽의 대화

최근 들어 사람을 많이 만난다. 새로운 사람을 만나는 일은 신나면서 동시에 힘이 드는 일이기도 하다. 새로운 것들을 단시간에 받아들이는 건 조금 버거운 일이기에.

인사를 나누고 조금은 어색한 기류가 흐르는 순간이 있다. 최대한 밝은 표정은 아니더라도 미소를 머금어 우리의 자리를 편안하게 만들고 싶어 한다는 행동을 취해본다. 곧 나는 어떤 대화를 나눔으로써 사람들을 알게 되면 '신기하구나.' '나랑 잘 맞겠구나.' 등등 뭐 여러 가지 감정들이 오간다. 여러 이야기를 하다 문득 좋아하는 음악이 흐르고 먼저 혼자 리듬을 타다 옆을 보며 처음 보는 그 사람 또한 누가 말하지 않았음에도 같이 고개를 끄덕끄덕거리는 모습을 보고 있노라면 이 순간 우리는 누구와 맞바꿀 수 없는 제일 친한 친구가 되는 것이다.

그렇게 새벽까지 올망졸망 이야기를 하며 다시 아침이 오고 새로운 감정과 맞닥뜨릴 때 즈음 밝아오는 해를 보며 또 다시 성숙해졌음을 생각해보게 된다. 화장실로 들어가 거울 속의 나를 보며 너무 불쌍하고 외로워 보이다가도 너를 좋아한다고 그리고 응원한다는 목소리들을 되뇌며 은근하게 다시 웃어본다.

화장실에서 나와 다시 큰 소리로 나는 술에 취한 것 같다는 말을 할 때, 그게 진실이든 거짓이든 그 말을 빌미로 나는 사실 버겁다는 것을 말하고 싶다고 내뱉고 싶지만 아무렇지 않은 척 하는 것은 이미 습관이 되어버린 지 오래여서, 그래서.

무너지지만 않으려고 안간힘을 써보는 일들은 멀리서 보면 청춘의 한 단락 같을지라도 나에게는 그저 내가 지나가는 삶의 한 부분일 뿐이라고밖에 생각하지 못할 따름이다.

K.H

이 세상에서
모순적이지 않은사람이 어디있어-
너무 나쁘게 보진마. 노력중이라잖아.
page_737

오래된 편지

겨울이 다가오고 있어요

이제 율무차를 사 마시느라 지출이 많아지겠다 생각이 되네요. 아끼겠다고 다짐했지만 겨울 거리를 걸으면서 이만큼 어울리는 친구는 없거든요.

독일에서 잘 지내고 있을까요? 공부 열심히 하느냐고 물어보진 않을게요.

전에 했던 말이 생각나요. 어쩌면 우리는 타이밍이 맞지 않아 이루어지지 않았던 거라면서 웃었잖아요.

그때 얼마나 속상했는지! 벌써 작년의 일이라는 게 믿기지 않지만 나는 내 나름대로 여기 한국땅에서 아등바등 살고 있어요.

좋은 사람들도 만나 술도 마시고 건강한 이야기들도 나누고요.

솔직히 가끔 생각이 나요. 그래도 어쩌겠어요. 나는 나대로 당신은 당신대로의 삶을 살아가는 게 우리 이치에 맞다고 운명이 정해주었는걸요.

거기에서 좋은 사람도 만나고 그래요(마음에도 없는 소리 하느라 조금 힘이 들어가지만). 오빠는 충분히 멋진 사람이니 지금 만나는 사람이 있을 수도 있겠죠? 이 편지는 역시나 내 맘속에만 고이 간직할 거예요. 물론 주소는 알지만 나는 아직 용기가 안 나요. 아련한 추억으로 남아줘서 고마운 사람.

건강히 멋진 삶을 살길 바라요.

안녕.

그 사람은 잘 지내고 있을까? 나는 몇 번의 계절을 지나 이렇게 습하고 우중충한 시간에 당신을 생각해보고 있는데.

질투는
나의 힘

당신의 얼굴과 그의 글을 보고 경멸에 빠져버리기. 나는 왜 저렇게 될 수 없을까. 저 사람은 어떻게 저런 글을 쓸 수 있을까. '간헐적 긍정인'인 나로서는, 사람을 질투한다는 느낌이 어떤 것인지 예전에는 몰랐다. 그런 생각은 다 일시적인 감정들이지만 점점 수용하는 세계가 커질수록 나보다 멋진 사람들이 차고 넘침을 알게 된다.

외부를 신경 쓰고 싶지 않다가도 세련됨과 절제가 묻어나오는 그들의 모습에 점점 영역을 넓혀만 가는 나의 경멸과 알지 못하는 그들에 대한 부러움. 동시에 나를 자극하는 불끈거리는 힘 같은 것들이 아이러니하게도 나의 마음을 다잡아버리는 것이다.

시끄러운 군중들 속에서 받는 거염*보다는 개인이 가지고 있는 본연의 매력을 보는 것은 조금 더 괴롭다. 노력한다고 해서 가질 수 있는 게 아닌 것들. 내가 가진 게 시기심밖에 없다는 사실들.

기형도를 성경처럼 가지고 다니던 나날들을 기억하며 마지막 구절을 읊조린다.

"나의 생은 미친 듯이 사랑을 찾아 헤매었으나 단 한 번도 스스로를 사랑하지 않았노라."**

1980년 언저리에 지어진 시. 당신도 나와 똑같은 감정을 느끼며 시를 썼을까. 1989년 3월 7일 당신이 종로 삼가의 어느 한 극장에서 조용히 죽었을 때 난 그게 억울해서 1993년 3월 8일에 태어났다. 그래서 당신이 쓴 마법 같은 시에 결박당한 채 질투를 느끼며 마음을 다잡는 것이다.

* 부러워서 생기는 시기심.

** 기형도의 『입속의 검은 잎』(문학과지성사, 1989)이라는 시집 중 「질투는 나의 힘」에서.

MIN

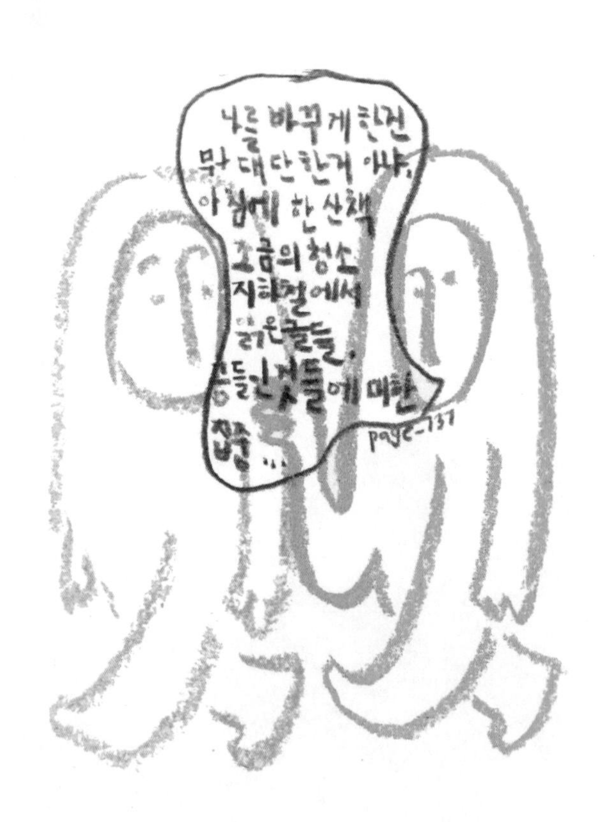
나를 바꾸게 한건
뭐 대단한거 아냐.
아침에 한 산책
조금의 청소
지하철에서
읽은 글들.
공들인 것들에 대한
집중...
page-137

곧 죽어도 예술

나의 선생들은 영화, 책, 사람들이다.

그렇게 다져지는 개인의 숙성된 취향들을 인용했다. 무의식적으로 끌리는 나만의 색깔들로 채워나갔다. 그 색깔들을 다채롭게 보여주었더니 관심을 가져주는 사람들이 생겨났고 좋아해주는 사람들이 생겨났다. 너무나도 고마운 일들이 나에게 계속 펼쳐졌고, 많은 것들이 바뀌게 되었다. 많은 사람들을 만나게 되었고 많은 이야기들을 들었고 많은 의견들을 수렴했다. 과거의 나로 인해 지금의 나는 '재능이 있다'라는 말을 듣곤 근근이 자위하고 살아간다. 겸손을 위장한 것들이 건방으로 보여질까 농담으로 넘겨버리며 하하하 웃으며 하루를 보낸다.

지인들의 다정한 언어들이 사라지고 집으로 혼자 가는 길. 저벅저벅 발자국 소리만 들리는 조용한 밤. 이내 나는 또 다시 괴로워졌다. 많은 대화 속에 오갔던 나에 대한 그 일시적인 칭찬이 받고 싶다. 그 칭찬에 쑥스러워하며 가식적으로 웃고 싶다. 허망한 위로가 필요하다. 생각과 동시에 네가 아닌, 다른 사람과 약속을 잡는다. 그리곤 행동한다. 지인이 상을 당해 필히 가야 하는 자리처럼.

나의 이야기를 떠벌리고 싶다. 또 그들의 이야기에 맞장구치고 싶다. 그렇게 좋아하는 말로만 뒤섞인 하루를 보내고 싶다.

상대방의 모든 말을 다 이해
하려 할 필요 없어.
그냥 내가 이해하지 못하는게 있나보다..
하면서 넘어가는게
이해하는 방법일거야.

떠나보내는 일

조금은 성숙해졌다 말할 수 있는 지금의 내가 좋다. 그러나 이따금 예전의 미성숙했던 내가 그리울 때가 있다. 순진했던 무지함에서 나오는 특유의 향기를 기억한다. 모든 자극에 높이 들떴다가 묵직하게 가라앉기도 했던 무질서한 날들이었다.

이제야 알겠다. 시간을 멀리 건너와보니 그때는 몰랐던 것들은 그토록이나 아름다운 것들이었음을. 악의가 없던 지난날들. 지나고 나니 큰일들은 대수롭지 않아졌고 정작 대수로운 것들은 알아채지 못한 채 다 지나고 나서야 멋쩍게 돌이키게 된다.

이렇게 또 가을이 지나 겨울이 왔고 구태여 나를 떠나가는 사람을 붙잡지 않았다.

KH

무거운 게
싫어졌다

이것은 꽤 괜찮은 경험.

어려운 말들과 어려운 말 그 사이에 자리 잡은 어울리지 않는 말들. 무얼 가리키는지 모호한 추상적인 표현들.

내 혀끝에서 내뱉어지는 무거운 단어들을 사랑했었다.
그들이 나를 함부로 대하지 못하도록.
혼자만의 허영에 높은 울타리를 쌓아 나만의 세계에 단단히 또아리를 틀고 있었던 시절이 있음을 기억한다.

혼자가 지겨워질 때쯤, 내 울타리 안에서 이것이 맞다, 했던 것들이 조금씩 틀어지는 것을 느꼈다. 그들의 대화 속에서 작은 충격들을 느꼈고 울타리 바깥쪽에 잠시 몸을 기대어 일상 속의 나를 가만히 지켜보기로 했다.

의미 없는 하루라 여겨졌던 24시간들의 집합은 아무 일도 일어나지 않은 듯했지만, 점차 어깨의 무거운 부담은 작은 조각들이 되어 서서히 부서져 내려갔다. 그렇게 나는 무거운 것에서 벗어나고 있었다.

그러니 이것은 꽤 괜찮은 경험이었다.

그때는 나도 솔직했어.
그게 분명히 괜찮았거든..
그런데 지금은 왜 하나도
괜찮지 않을까..?

page. 737

사람 감정이란게
항상 변하기 마련인데..
그걸 누굴 탓하겠니..

삼진

어떤 순간에 다짐하는 게 있지. 내게는 삼세번의 시간이 있어. 내 사람이라는 정의를 내린다기보다는 세 번의 세이프존을 속으로 생각해 물론 만날 때 정하는 건 아니야.

내가 이게 아닌데, 기분이 너무 나쁜데 싶으면 첫 번째 세이프존이 넘어간 거야. 그때부터 각인이 되어 이 사람은 일단 조금은 멀리하자, 그렇게 선이 생겨버리다가 영영 안 만나는 사람도 있고. 뭐 그러다가 또 다시 만나서 오해한 부분이 있으면 풀곤 하지.

그렇지만 각자의 상황이 있듯이 말이야 그 사람에게 또 그런 상황이 생기면 그때부터는 아, 이게 힘들겠다 싶은 거야. 나도 더 이상 기운을 빼기 싫은 거지. 단절은 내가 수용할 수 있는 그 기준이 넘으면 끝나게 되어 있기도 하며 그것들을 이해할 수 있느냐 없느냐에 따라 또 다른 인간관계를 맺겠지, 하는. 좋게 생각하면 뭐 그래.

잘 들어봐. 어느 순간은 옳은 소리를 하는지 아님 그냥 뜬구름 잡는 소리만 해 대는지 구별해 볼 일인거다.
..난. 너무 그런거 나약해..
기죽는거랑 스스로 돌아보는거 그거 다른거다..? 분별력도 기르고 어느정도 거를일은 거르고 살어..
Page-137

전정말 좀더 성숙한 사람이 되고싶어요
그래? 그럼넌 뭘 대가로 치룰 준비가 되어있는데?

제3자의 오만

친구와 남자에 대한 이야기를 나누다가 마지막에 지긋이 말했다.

"그사람은 최악이야!!"

나는 그저 웃으면서 말했다. "왜~. 귀엽기만 하구만."

친구는 "야, 네 남자가 아니라서 하는 말이지 네가 사귀어봐. 너 제3자의 오만에 빠져 있지 마라!"라며 성질을 낸다. 킥킥 웃다가 생각에 잠시 빠져본다.

'그래…. 나랑 사귄다고 한다면 조금 최악일 수도 있겠다.'

"미안합니다~." 하며 장난 섞인 말투로 사과를 했다. 친구는 아직도 분이 안 풀리는지 씩씩거린다.

우리는 항상 남을 위로하기 위하여 조금 과장된 몸짓으로 그 사람의 편을 들었고 때로는 굳이 위로가 아니더라도 말을 배설한다는 것 자체에 마음의 안정을 도모하기도 했다.

말을 시작하려면 일단 필요한 것들이 있다.

내가 모르는 사람에 대해 충분히 설명하기.

그 상황들을 간단하게 알려주기.

그리곤 나의 억울함들을 토로하기.

이어 상대방에게도 필요한 것들이 있다.

나에 대한 부족하지 않은 애정.

들어줄 시간.

그리고 나의 편을 들어줄 에너지.

이 친구는 나와 초등학교 때부터 알고 지낸 아이였고 그동안 봐왔던 남자들은 뻔히 알았으며 어느 정도 익숙한 일들이라 생각하며 대충 에둘러 대화를 흘려 듣기도 했다. 듣는 일 자체에 비중을 둔다고 생각해야 하나. 그렇게 이번 남자 또한 그냥 귀여운 사람이라고 가볍게 말했지만 내가 그녀의 입장이 되어본다면 정말 최악일 수도 있겠다는 생각을 다시 한 번 하게 되었다. 나는 제3자의 오만함을 가지고 그녀를 대한 것이다.

우리는 얼마나 많은 제3자의 오만을 저지르고 다니는 걸까? 멀리서 보면 우리가 객관적으로 말해줄 수 있는 일들은 참 많다. 그렇게 말한 여러 조언이라는 이름의 말들이 과연 그들의 귀에 제대로 들어갈까, 하는 의구심을 가지며.

또 우리는 얼마나 많은 제3자의 오만을 기다리고 있는 걸까? 내 마음 가는 것들이 이게 아닌데, 하면서도 객관적으로 듣고 싶은 마음. 그렇다가도 내 편을 들어주지 않는다면 생기는 조그마한 서러움들.

매번 이런 식으로 끝이 났던 우리의 대화들은 결국 내 마음이 가는 대로 행동하는 게 맞다고 서투른 결론을 내려버리곤 다른 대화를 이어나갔다.

나쁘지 않았어..
이리저리 치여 살다보니 무서웠는데
막상 가보니 내가 이렇게 까지
자유로울 수 있는 사람이구나
확인 할수 있었고..
page_737
여행은
어땠어?

어느
만남

나는 누군가가 나를 좋아하면 그제야 나 또한 흥미를 갖는 편이다. 오래전 찍은 사진에서 그를 떠올려본다.

파리의 낯선 남자. 그는 식사를 권했고, 나는 낯선 여행지에서 일어날 위기감도 없이 응했고, 다행히도 근사한 저녁을 먹은 추억과 함께 한국으로 돌아왔다.

작업용 사진을 정리하던 중 핸드폰에 꽤 오래전 사진으로 남겨져 있는 사진 하나를 발견했다. 그와 찍은 사진이었다.

파리에서 한국으로 돌아올 즈음 그에게서 연락이 왔고, 친구들이 지금 뭐하느냐고 물어오면 그와 함께 있다 답하게 된 것이 몇 번.

친구들은 이제 곧 사귀겠네, 하며 들떴지만, 대여섯 번의 만남 동안 내게는 징조라고 할 만한 것들이 왜인지 너무 더뎠고, 또 무뎠다. 다가갈 마음이 미적지근할 그 시기에 서로의 마음속에 담아둔 이야기를 꺼낼 기회는 없었다. 속내에 담긴 의미 있는 말을 할 분위기를 유도하지도 않았을 뿐더러 그저 만남에 의의를 두는 느낌이었다.

"날씨가 좋다."

"이 영화 어때?"

그저 그런 대화들을 간신히 이어간 만남의 끝은 영화와 분위기 좋은 노래가 흐르던 드라이브로 마무리되었다. 영화 〈더 랍스터〉가 끝나고 확인한 시간은 8시. 그는 술을 권하는 수순을 슬며시 건너뛰고 집에 데려다주겠다 하였다. 집 앞에 다다랐을 즈음 그 사람은 나에게 연락하겠다 하고 나는 집 앞 카페에서 청포도 주스를 사서 쥐어주며 알겠다고 웃으며 인사했다.

그 이후 우리는 만나지 않았고 핸드폰 사진을 잘 정리하지 않는 나는 작업 사진을 정리하다 그와 찍은 사진을 발견하고는 회상에 잠겼다.

바람

단지 겉멋만 들지 않기를

사유하고 사유하기를

나의 행복감을 함부로 자랑하지 말기를

조심하게 다루기를

예를 들면

나의 감정 /상대방의 기분 / 고양이를

속옷은 항상 좋은 걸로

친절을 당연하게 여기지 말기를

어떤
아쉬움

요즘 염색에 관심이 많아져서 이것저것 많이 하는 중이다. 탈색을 두 번 하여 보라색을 만들어보기도 하고 오렌지색의 머리가 잘 어울린다는 말에 오렌지색으로 바꿔보기도 했다.

이번에 원래 염색했던 미용실과 다른 곳에 방문했는데 미용사는 앉자마자 염색을 어떻게 했는지에 대해 묻고 내 머리 상태에 대하여 과한 몸짓으로 한 번 놀라고, 다음으로는 요란스럽게 이런 머리는 복구할 수 없다고 하면서 내 마음을 불편하게 했다.

머리를 자르는 내내 모발 상태가 어쩌니 저쩌니 하는 말들로 조언보다는 언짢을 정도로 꾸짖는 말을 하시기에 참다 한마디를 했다.

"자꾸 혼내시네요. 제가 잘라달라고 말씀드렸던 머리만 잘라주셨으면 좋겠어요."

그 이후 미용사는 다른 말 하지 않고 머리를 자르다 이번에는 또 직업을 물어보셨다. "댄서세요? 아니면 방송하는 분이신가?"

휴… 오늘 잘못 온 것 같다.

지나간 과거에 연연하는 것을 좋아하진 않는다. 염색을 해봤다면 알 것이다. 머리 상했다는 말을 얼마나 자주 듣는지.

이미 지나온 일들은 말하면 말할수록 털어지기보다는 아쉬움이 커진다. 그 아쉬움을 안고 어떻게든 한 걸음 더 떼어 앞으로 나아가는 것. 어리숙한 시행착오를 숱하게 겪고 얻은 결론이다.

살아가기 위해 잊는 것들이 있다.

힘들었던 기억들, 어떤 상황에서 나를 변호할 기회도 얻지 못하고 들었던 날카로운 말들, 내가 했던 선택 뒤에 남은 아쉬운 결과들. 생각하지 않으려고 무던히 노력하면 지워지기도 하더라. 그러다 이미 일어난 일이라며 잊었던 과거가 문득 생각나면 하루종일 성가시다.

오늘의 나도 어떤 성가심에 이 글을 쓰고 있는 것이겠지.

미용사의 과한 간섭 때문이었을까?

나의 머리카락은 상했어도 머리칼에서 빛나는 색은 너무 마음에 들기에 누군가가 공짜로 영양 시술해줄 것이 아니라면 충고는 정중하게 사양합니다~.

해답

간호학과인 친구와 나 그리고 다른 친구 두 명 이렇게 넷이서 술을 마신 적이 있다. 간호학과 친구가 자기가 재미있는 실험을 해주겠다며 문제를 제시했다.

"학교에서 수련회를 갔다고 가정해 봐. 수련회를 가서 프로그램을 마치고 잠시 쉬는 시간을 가지는 타임으로 각자의 방에서 전교생이 쉬고 있었어. 그런데 갑자기 그 건물에서 불이 크게 난 거야. 불길이 점점 위로 휩싸일 때 제일 먼저 하는 일은 뭐일 것 같아? 딱 떠오르는 생각을 바로 말해봐!"

질문을 한 그녀의 얼굴은 기대로 가득 차 있다. 덧붙여 "딱 바로 떠오르는 생각이여야 해. 어떻게 할 거야?"라며 생각할 틈을 주지 않으려 한다.

우리는 잠시 머뭇거렸고 첫 번째 친구가 먼저 입을 뗀다.

"나는… 옥상으로 올라갈 거야!"

두 번째 친구도 "나는 계단을 빠르게 내려갈 것 같은데?"라고 말한다. 친구들은 마지막으로 나를 쳐다보며 "너는?"이라고 물었다. 어떤 대답이 나올지 기대하는 표정으로.

"음… 나는 일단 문 열고 뛰어나와서 친구들을 살필 것 같은데?"

간호학과 친구는 역시 신기하다는 묘한 얼굴을 지으며 "와, 이거 봐. 사람은 역시 다르다니깐?" 이렇게 말하며 우리의 궁금증을 더욱 증폭시켰다.

"왜~ 왜 뭔데!?" 한 친구가 얼른 말해달라는 투로 물었고 나와 대답을 한 친구 또한 똘망똘망한 눈빛으로 간호학과 친구를 바라봤다.

"이게 사람의 성향에 대한 테스트인데 나도 계단으로 뛰어 내려간다고 말했거든. '계단으로 뛰어간다, 옥상으로 올라간다.' 이런 사람은 머리형 인간인 거야. 뭐랄까, 자신을 먼저 생각하고 계획적인 사람이라고 할 수 있어. 그리고 언니가 말했던 친구들을 살핀다, 뭐 사람들을 챙긴다, 이런 말을 한 사람은 가슴형 인간이라고 할 수 있어. 철저하게 감성적이고 사람들을 좋아하고 먼저 생각하는 사람이라고 볼 수 있지!"

우리는 일리 있는 말에 서로 오오 거리며 신기하여 또 다른 말을 한 사람은 없냐고 물었다.

"진짜 극히 드물긴 한데 119에 바로 신고한다는 사람 몇 있었거든. 그런 사람은 완전 실속파, 조금 냉혈한 이런 사람."

"와, 대박! 우리는 그런 생각 못했는데 신기해! 또 다른 건 없어?"

우리는 흥미가 생겨 보챘지만 간호학과 친구는 이제 모른다고 딱 잘라 말했다.

"에이~." 하며 다른 이야기로 넘어가 술자리는 계속 되었지만 나의 생각은 성향 테스트에 대한 이야기에 아직 머물러 있었다.

'진짜 그런 성향이 있는 거구나… 내가 사람과 사람의 일에 힘들어하고 행복해하는 까닭은 어쩌면 가슴형 인간이라서 그런 것일까?'

집에 돌아와 알딸딸한 술기운을 가진 채 침대에 누워 인터넷 검색창에 천천히 'ㄱㅏㅅㅡㅁㅎㅕㅇ ㅇㅣㄴㄱㅏㄴ'을 검색해본다.

검색하는 내 모습이 우스워 킥킥거리면서.

자료는 많지 않았지만, 검색된 단어들에는 공통점이 있었다. 인간관계 중시, 감수성 예민, 다수를 의식 등등. 글들을 쭉 읽어보며 나열된 단어들에 대해 퍼즐을 맞춘다.

그때 그 사람과 떨떠름하게 끝난 것도 내가 가슴형 인간이어서 그랬던 건가? 쓸데없이 눈물이 주책맞게 나오는 것도 가슴형 인간의 숙명인가? 그런가 보다 하면 될 일인데 하나하나 공감을 하면서 오늘도 호락호락하게 잠들지 못한다.

MIN

읽기 듣기
말하기 쓰기

"너는 생각이 너무 많아."

그런 말을 듣다 보면, 내가 보통 사람들보다 생각을 더 많이 하나 싶기도 한다.

누군가가 내 의도에 대해 악의 없이 물어왔을 때 제일 먼저 하는 말은 "어…."라는 단어와 함께 눈을 위로 올려 생각하는 것. 그래서 나는 법률스님의 즉문즉설 같은 것들을 보고 신기해하기도 했다. '연륜은 저런 것인가?'라는 생각을 하며.

"글을 쓰는 것에 비해 말을 잘 못하시네요?"

이런 말을 들은 적이 있었는데, 반박할 수 없었다. 정말 그랬기 때문이다. 그래서 맞장구를 쳤다. "그렇죠. 저도 그렇게 생각해요."

내가 말을 잘 못한다고 생각하는 이유는 단어들이 자꾸 중복되고 개인적인 의견을 애써 피력하면서, 문장을 매끄럽게 연결하지 못하고 또 시작한 말을 자연스럽게 끝맺지 못하기 때문이다.

하지만, 생각해본다. 우리가 나누는 대화 속에 온전한 문장을 가진 대화는 과연 몇이나 될까?

그저 말장난하기 바쁘고 그 말 속에 비속어를 쓰고 맥락에 맞지 않는 말들을 나열하면서 소위 '의식의 흐름'이라고 일컫는 대화가 많지 않은가.

농담 가득한 대화들 속에서 무용한 대화에 대한 갈증을 느끼곤 한다. 가끔은 철학적인 것들을 생각해보고 지적인 대화들을 나누는 진득한 시간들. 그래서 인터넷에 들어가 눈길을 끌었던 인문학 책을 다룬 리뷰도 읽어보고 내가 본 영화를 다른 이들은 어떻게 느꼈을까 감상을 찾아본다. 그런 글들에 이어지는 댓글들에서 공감과 반발을 느끼기도 하며 직접 의견을 다는 일도 있었다. 그러나 뒤따르는 허전함과 아쉬움은 어쩔 수 없었다. 대화란, 누군가와 나누는 것이기에.

누구도 함께 나누려 하지 않는 낯뜨겁고 '쿨하지 못한' 한 주제를 가지고 치열하게 이야기해보고 싶다. 그러니 나는 누군가를 만나면 묻는다. 당신이 가지고 있는 가치관에 대해서, 그 영화를 어떻게 봤는지에 대해서, 그리고 당신이 가지고 있는 감정에 대해서.

처음에는 곧잘 잘 답해주다가도 파고드는 질문들에 당황하며 '나한테 왜 그러느냐'는 당신을 본다. 그 당황에 나도 더 다가가지 못하고 그 자리에 멈춰 선다. 끊기는 대화의 끄트머리에 서서 결국 나는 다시 똑같은 생각을 한다.

말을 하는 것은 확실히 어렵구나, 하고.

생각하는
동물

뜬눈으로 아침을 맞이할 때마다

창문 앞에 풍경들은 쓸데없이 아름답고 부지런하여

나에게 더욱더 큰 자괴감을 안겨주곤 했다.

친구들의 연락 빈도가 늘어났고

아무렇지 않았던 것들이 아무렇게 어지럽혀져 있는 것을

하나둘씩 자각하며 그저 괜찮은 것들을

괜찮은 것 같지 않다고 다시 생각해보기도 했다.

조금 낯선 경험들이 또 나를 어리게 만들었지만

그건 괜찮다. 여백들이 채워 나간다면 더욱더

사유하는 동물이 되어가는 것이니까.

들려주기
보여주기
전해주기

내가 지금 하고 있는 작업들이 온전하고 완벽하게 나를 표현해줄 수 있을까? 예를 들면 그리고, 쓰고, 말하고, 춤추는 것들 말이다.

어느 날 내 작품 소개를 부탁받았을 때 뭔가 말하기가 오글거린다고 생각하여 우물쭈물거린 적이 있다. 그러자 상대방이 자신의 작품을 왜 설명하지 못하느냐며 타박을 주었는데 나는 나의 작품이란 내가 설명하여 해석해주기보다는 그려서 완성하는 순간 관객의 해석에 맡겨지는 것으로 생각해왔다. 과연 확고한 주장으로 작품을 만드는 것이 좋은 것일까 의구심을 던지면서.

돌이켜보면 그 말을 방패 삼아 의미 없는 그림을 그리고 있었던 것은 아닐까? 내 견해가 옳지 않았다고는 생각지 않는다. 그러나 적어도 내가 무엇을 표현하려 했는지는 알아야 할 일이었던 것이다.

나는 갈구한다. 갈망한다. 내가 표현하고자 하는 걸 최대한 잘 드러낼 수 있는 일을 통하여(그림으로, 글로, 말로) 전할 수 있기를. 이를 눈여겨봐주고 귀담아 들어줄 수 있는 누군가가 있다면 말하고 싶다.

"나는 이렇게 생각하고 있어요. 당신들은 어떤 생각을 하고 있나요? 나랑 같은 생각을 하고 있다면 어떤 경험이 떠오르시나요?"

예종 아이들

근래에 자주 만나는 친구들은 예종 친구들이다. 말하자면 나는 예종 주위를 맴도는 예종 아이들의 친구다. 한국예술종합학교에 다니는 친구들은 다 예종 친구 한 명을 사귀게 된 뒤부터 많이 알게 되었다.

나는 예종에 대해 남몰래 환상을 가지고 있었다. 예술에 흠뻑 취해서 하루 종일 그런 이야기들만 하는 상상. 그런데 친구들을 알게 되고 술자리를 가져보고 이런저런 이야기를 하다 보니 할 법한 이야기들은 뒷전이고 그냥 자기 근황을 밝히기에 바쁘다.

"내가 이 사람과 어떤 일이 있었는데…." "'전여친'이…." "'전남친'이…." 쓰다 보니 이상하다. 우리는 왜 다들 애인이 없을까?

애인이 없어서 다들 지난 사람들에 대해 이야기를 해댄다. 지금은 그 사람이 어떻게 바뀌어 있는지도 모르면서 자신들의 추억을 최대한 미화하거나 합리화하면서 말이다.

만나면 뭐하는 애들인지도 하나도 모르게 고양이들처럼 순진하고 아웅다웅한다.

아해들은 각자의 결핍을 가지고 살아간다. 객관적으로 봤을 때 슬퍼 보일 수 있는 모습들을 그저 아무렇지도 않게 이야기하는 모습을 보며 이런저런 일들이 나에게만 일어나는 것이 아니구나, 깨닫고선 말하는 듯하다.

반복적으로 자주 그 이야기를 털어내고 그 이야기가 주가 되면 또 신나서 이야기를 해버린다. 아픔은 최대한 무덤덤하게 이야기하고 웃을 거리가 생기면 최선을 다해 웃기 바쁘다.

나는 친구들을 만나면 웃기고 싶어 한다. 근데 이 친구들은 더 웃기고 싶어 해서 만나고 나면 진이 다 빠진다고 해야 할까.

이렇게 다들 마냥 웃기다가도 무대에서 아니면 사진으로 아니면 공연을 보고 나오면 정말 정말 멋진 친구들임이 분명하다. 뭔가 그때 느껴지는 아우라가 나랑 술 마시던 그 애가 맞나 싶을 정도이다. 뒤에선 얼마나 많은 연습과 생각을 할까, 라는 느낌이 곧잘 들곤 한다.

그중에 피아노과 동생이 한 명 있어서 물어본 적이 있다.

"경민아, 너는 얼마나 연습해?"

"언니, 저는 뭐 내 할 일 끝나면 24시간 연습실에 가서 연습해요."

"와 그런 곳도 있어? 그 무용 잘한다는 그 친구는 얼마나 연습을 할까?" "언니 그 사람은 말도 하지 마세요. 얼마나 연습 많이 하는데요. 수업 끝나면 맨날 연습해요. 그래서 사람들이 아무도 뭐라고 할 수 없는 거예요. "

맞는 말이다.

너희들과 대화를 하면 낯설기도 하다가 다시 또 똑같은 모습을 보며 까르르거리는 것이 나의 힘이기도 하다. 나는 작업을 하다 가끔 이 친구들을 떠올린다. 떠올리다가 문자를 보내본다. "경민아 뭐해? 나 작업실에서 작업중~." 몇 분 뒤 답장이 온다.

"언니 저는 연습실!"

자신이 쥐고 있는 상황들 속에서 아무도 알아주진 않지만 언젠간 빛을 발할 거라는 희망 하나에 매달려 주어진 것들을 열심히 해본다는 게 쉽지는 않다.

이들이 대단한 희망을 품고 연습에 임하는 것은 아니었다. 그러나 사소해 보이는 반복들이 한데 모여 훗날 자신에게 단단한 토대가 되어줄 것임을 알기에 조용하고 꾸준히 작업하고 연습을 하는 것이다.

오늘 나는 그 움직임을 슬며시 들여다본 기분이었다. "연습실!"이라는 말이 힘이 된다. 피로와 나른함이 온몸을 지배하는 새벽이었다. "연습실!"이라는 말을 생기 있게 외치는 그 모습에 '같은 마음'을 품고 있는 내 모습이 겹쳐 보인다.

괜찮을까..
어떤일을 시작할때
거창한 의미나 이유가 아닌
사소한 호기심 정도만
있으면 된다고 들었어
page-137
...

수상한 커튼

집으로 가는 마을버스 안에서 맨 뒷자리에 앉아 있는데 볼살이 앙증맞게 올라 있는 초등학생 여자아이가 내 옆에 앉았다. 눈이 똘망똘망 해서 아이의 행동을 보게 되었는데 갑자기 보조가방을 주섬주섬 하더니 100점짜리 시험지를 펼쳐 이리저리 휘리릭거리는 것이었다. 그리곤 누가 봐줬으면 좋겠다 하는 표정으로 괜히 만지작거리는 게 너무 귀여워 먼저 말을 걸었다.

"100점 받았어~?" 이러니 "네? 네~. 오늘 맞았어요." 하며 쑥쓰럽게 웃었다. "엄마는 아셔?" 라니까 "아~, 오늘 엄마 늦게 들어오셔서요~~."라며 괜히 시험지만 만지작거린다. 내려야 할 때가 되어 "엄마한테 오늘 자랑해."라고 말하니 네에, 한다.

옛날에 나도 100점이라는 점수를 받았을 때 집에 오자마자 회사에 있는 아빠한테 전화를 해 다짜고짜 100점 받았다고 자랑을 했었더랬다. 아빠는 전화기 너머 목소리로 기분 좋게 "우리 딸 멋지네. 잘했어."라고 했었고 나는 그 목소리가 아직도 잊혀지지 않는다.

무색하고 무뚝뚝한 그에게 들었던 칭찬. 전화를 끊고 나서 아빠 회사 동료들에게 너스레를 떨며 우리 딸이 오늘 시험 100점 받았다 하네 했을 것 같았다. 아니 했을 거다.

아빠의 회사 동료분들을 보면 너희 아버진 딸 자랑 엄청 하신다고 한마디씩 하셨으니.

이어폰을 다시 끼우고 '가을방학'과 '수상한 커튼'으로 노래 목록을 채운다. 집으로 가서 청소를 하고 빨래도 하고 100점짜리 딸이 되어 있으려 다짐한다. 이제는 100점이라는 점수가 더 이상 높은 점수가 아닌 나이가 되었지만 말이다.

살 만한
세상을
상상하며

"요즘 너무 힘드시죠!"라는 목소리가 버스 안에 쩌렁쩌렁 울렸다. 익숙한 이 목소리는 요즘 대세인 광희의 목소리로 녹음이 된 버스 광고였다. 광희는 너무 힘드시냐는 말을 해맑게 해놓고선 힘내시라는 말과 함께 뒤이어 맥락과 맞지 않는 성형외과 이름을 대놓고서는 이내 목소리를 감추었다. 버스 안에 있던 사람들은 무표정으로 다시 조용해졌음을 느꼈다. 나는 친구에게 말했다. "요즘 너무 힘들다는 말을 아무렇지도 않게 건네게 되는 시대가 왔나 봐." 친구는 쓴 웃음을 지으면서 "그러게."라는 말과 승객들과 함께 조용해졌다.

언제부턴가 힘든 사람들이 많아졌을까? 아무렇지도 않게 "요즘 힘들지?"라는 말을 건네게 될 수 있었을까? 누군가가 말했다. "인생이 아무리 고통이라고 한다지만 이런 고통일 바에야 차라리 죽음을 택하는 게 더 나을 수도 있겠다!"라고. 다 같이 깔깔 웃으며 동조했고 나 또한 그 웃음 사이에 끼어 함께 웃었지만 동시에 자주 씁쓸하였다.

사실 내 주변 사람들은 어느 누구도 잘못한 게 없는 것 같은데. 나라에서 주어지는 투표권을 행사했고 문화 시민으로서 지켜야 할 것들에 대해 잘 지키며 살아왔으며 최저임금에 아무 불평 없이 착실하게 일하여 작고 작은 돈을 모아 소소하게 여행을 가는 그런 평범함을 지닌 사람들인데 말이다.

뉴스에 나오는 말들은 대개 사실을 전달하고 있었고 그 사실들은 항상 내 기분을 절망적이거나 무기력하게 만들었다. 아무리 답을 생각해도 나오지 않을 만큼 어이가 없는 사건들이 많아졌다. 나랏일을 하는 사람들은 질문을 한다면 최대한 애매한 답변으로 책임을 전가하기 바빴다. 그 모습을 본 우리들은 이런 현실에 대해 깊은 한숨만 쉴 뿐이다. "어떻게 살 것인가?"가 우리의 주 대화 주제이기도 했으며 누군가를 바라보며 배워야 할 점을 찾는다는 것은 참으로 어려운 일이 되어버렸다.

실망이 계속되면 바라는 일도 줄게 되어 있다. 바라는 일들이 줄면 무기력해지기 마련이었다. 우리는 무기력해지지 않으려 노력했다. 목소리를 아끼지 않았고 전진하는 일에 두려워하지 않았다. 광장에 나와 촛불을 들고 진실을 외면하지 말아달라 간절하게 외쳤다.

언제가 되어야 힘들지 않은 세상이 올까?

'이번 생은 글렀어.'라는 문장이 유행이 되는 세상에 살고 있다.

앞으로 살아갈 시간들에 대해 희망을 갖지 않는다는 농담 반 진담 반의 표현.

다만 나는 바랄 뿐이다. 이런 자조를 '글렀다' 생각한 이번 생에도 머지않아 반짝이고 빛나는 희망의 순간이 찾아오기를, 그리고 그 작은 바람과 희망들 덕에 '이번 생은 그래도 살 만하네.' 하고 생각할 수 있는 순간이 오기를 말이다.

세상이 나를 알아주지 않는게 나 너무슬프다. 열심히 살고 있는것 같은데...

3부

정답인지
아닌지는
해보면 알겠지.

늘 그랬듯이

숱한
질문들

어렸을 때는 질문을 할 때가 많았었는데 이제는 질문을 많이 받는 사람이 되었다.

이건 잘 살아왔다는 증거일까?

이 질문들은 답할 가치가 있는 것들일까?

또, 나는 제대로 된 답을 할 수 있을까?

여기, 미완성의 내가 있다.

완성의 내가 있을지, 그것이 무엇인지 여전히 모르지만 조금씩 단단해지기 위해 나를 돌아보게 하는 질문들을 들여다본다.

조금 더 견고한 답에 가까워지기 위해선 깊이 있는 것들을 알아야겠고, 더 분연히 살아야겠다.

짧은
메모

말들이 오가다가 발견한 오래된 편지를 읽어본다. 유럽 여행 당시 꽤 진지하게 적어 내려갔던 글들이다. 조금은 부끄럽지만 진중하게 들어주는, 내 앞에 친구이자 청취자가 앞에 있기에 엘리자베스처럼 도도하지만 강단 있게 읽어본다.

"이런 감정은 유치하고 저런 글은 오글거린다 하는 사람들의 메마른 감정 따위에 관심 없다. 유치한 건 우리가 아니다. 내가 태어나기 전 세상은 사랑과 편지 그리고 온갖 멋진 말들이 난무하던 세상이다. 잊지 말자. 지금의 내 감정과 멋진 삶을!"

친구는 박수를 마구 마구 쳐준다.

나는 한쪽 손은 가슴에 얹고, 한쪽 팔을 우아하게 들어 조심스럽게 인사를 한다.

마음은 왜 자꾸만 비좁아 지는걸까..
이러다 갑자기 어느날
우리2쿡 해지면 어쩌나
걱정이다..
난 그래서
뭔가 계산없이
상대방에게
친절하게 대하고
있어 요즘..

KH

뒷모습 그리기를 좋아한다

표정이 나와 있는 앞모습을 그리기보다 뒷모습 그리기를 더 좋아한다. 맨 먼저 귀부터 그리기 시작한다. 귀부터 그리기 시작한 건 왜인지 잘 모르겠으나 사람을 그리기 시작했을 때부터 상대방을 볼 때 귀가 건강하게 생긴 사람을 은근하게 좋아했다.

그다음 머리를 주욱 그리다가 가느다랗게 목선을 이어 그린다. 목선을 밑으로 빼면 예쁜 어깨선을 동그랗게 말아 그려보는데 시작점의 머리말부터 선이 예쁘게 잡히면 그다음 선들은 알아서 착착 그어진다. 그렇게 완성된 나의 뒷모습 드로잉은 때로는 활기차 보이기도 하고 때로는 쓸쓸해 보이기도 한다.

앞모습은 얼굴의 표정에서 그 사람의 처지를 알아내지만 뒷모습은 온몸으로 자신의 상황을 설명하는 듯하다.

예전에 지하철에서 몰래몰래 사람들을 그리면서 다녔을 때 소심하기도 하여 뒤에 돌아보고 있는 사람의 모습을 많이 그렸더랬다. 겨울은 대부분 간단한 선들과 함께 뭉툭했고 여름은 움직임이 쉽게 잘 보여 선이 많이 들어갔다.

그림을 완성하면 바로 덮고 집으로 돌아와 다시 노트를 꺼내어 차분히 잔선들을 정리한다.

'아까 전화로 다투는 것 같던데, 오래된 남자친구가 있었을 것 같음. 비싼 패딩을 입고 신형 아이폰을 가로로 눕혀 신나게 게임을 하는 그 남자에게 중요한 건 무엇일까? 왜인지 삶이 무료해 보이기도 하다.' 등등 홀로 등장인물들의 성격을 지레짐작하면서.

나는 자주 아빠의 뒷모습을 보고 자라왔다.

아빠는 어렸을 적 자신의 뒤에 나를 업고 집에 간 적이 있다. 나는 팔짱을 교차로 끼다 아빠의 목을 만져 보다가 툭 튀어나와 있는 목젖을 만지며 물었다.

"아빠는 이게 왜 있는 거야?" 아빠는 "이건 복숭아뼈를 삼켜서 어른이 됐다는 증거를 여기에 남기는 거야."라고 대답했고 그 말을 줄곧 믿어왔다. 시간이 지나 우리는 서로에게 무뚝뚝해졌고 성격이 급한 아빠는 자주 내 앞에 서 있었다. 나는 앞질러갈 생각보다 그냥 핸드폰을 보며 그 뒤를 자주 따랐다. 예전에는 핸드폰 좀 그만 보라고 혼내기도 했지만 시간이 지나자 그 또한 핸드폰을 보며 걷고 있다. 어느 날은 멍하니 아빠의 뒷모습을 보며 걸은 적이 있었다.

그는 키가 작았고 대머리였다. 저벅저벅 힘 있게 걸었던 예전의 그는 요즘 자박자박 조금은 얌전하게 걷는다. 키도 내가 더 커져 그의 정수리가 쉽게 보인다. 윗머리는 없어도 옆머리에 조금씩 난 흰머리들이 새삼 놀랍다. 당신은 이제 많이 바뀌었구나. 이제 보니 성격도 조금 더 차분해졌다. 걷다가 아빠는 내 뒷모습을 본 적이 있을까? 아빠가 보기에 내 뒷모습은 어떨까 내 성격도 변했다고 생각할까?

당신의 뒷모습을 보며 자라온 나는 뒷모습을 그리기 좋아하는 사람이 되어 있다.

멋진 하루

방에 누워서 '라디오헤드'와 '오아시스' 그리고 '엘리엇 스미스'를 들었다.

그동안 몇 번이고 마음에 너드 향이 물씬 풍기는 남자와 만나는 상상을 했다. 나에게 너드 같은 남자는 자기 할 일에 빠져 있다가도 나를 만날 때는 내게 한없이 잘해주고 배려해주고, 흥미로운 취미를 가졌고 풍성한 숱이 있는 5대 5 가르마 머리에 파마끼가 조금 있고 패셔너블한 일본 잡지《뽀빠이》에 나올 법한 남자들을 말하는 것이다.

아- 어디에 숨어 있을까 나의 인연은!

MIN

그렇게
큰 문제는
없다

엄마는 나에게 자꾸 이것저것 물어본다. 사진 올리는 법이나 컴퓨터를 조작하는 방법, 핸드폰으로 유튜브 시청하기. 사실 잘 이해가 되지 않는다. 그 따위 것들, 몇 번 클릭하다 보면 터득할 수 있는 일이 아닌가. 그때마다 바쁜 둥 귀찮은 둥 대답을 잘 해주다가 이내 입을 다물곤 한다. 그러면 엄마는 아무 말도 안하다가 "방에 들어가야겠다." 하며 겸연쩍은 듯 들어가버린다. 그 말에 내가 잘못했나 잠시 생각을 하다가 다시 내 할 일로 돌아간다.

방에 혼자 있을 때 딱 두 번 그녀가 생각이 나 눈물을 흘린 적이 있다. 엄마를 옆방에 두고 그렇게 눈물을 흘렸다.

한번은 샤워를 하고 나온 그녀의 배가 많이 튀어나온 것을 봤는데 기분이 많이 이상했다. "어머, 엄마 왜 이렇게 배가 많이 나왔어?" "글쎄, 나도 몰라 살찐 건가…?"

자신도 모른다는 말이 더 이상하게 들렸다. 글쎄 나도 몰라, 라는 그 말이.

방에 들어와 복부 증상 같은 것들에 대해 찾아보았다. 들어보지도 않은 병들이 우르르 쏟아져나온다. 나를 걱정하게 만드는 단어들이다. 애증하는 그녀가 많이 약해졌다. 가슴이 미어진다. 엄마는 내가 어렸을 적 많은 일들을 했다. 드세고 대화가 잘 되지 않았다. 그러나 자신을 위해 그리고 내가 모르는 신념을 가지고 굳게 사는 사람이었다. 나는 그녀가 이루어놓은 길로 인해 조금은 편안하게 살고 있지만 그 많은 시간 동안 상처를 받게 되는 일도 허다했다.

엄마가 아직 엄마이기 전, 그 시절들. 엄마가 엄마가 되어가던 그 시간들. 어렸을 적 나는 엄마에게 내가 짐작하지 못한 엄마의 마음속 얘기들을 함께 나누고 싶었고, 내가 지금 나이가 되니 이제는 엄마가 그런 이야기를 하고 싶어 한다. 그러나 우리 사이에 놓인 26년이라는 시간의 길이 앞에서 그런 바람들은 무색하고 서먹하다.

살아가는 데에 그렇게 큰 문제는 없다.

가족이라는 테두리 안에서 누가 봐도 정상적인 엄마와 딸 사이. 그러나 한 번쯤 떠올리면 자꾸 눈물이 나는 존재들인 것이다. 두려운 것은 내가 모르는 엄마의 모습을 영영 모른 채 떠나보낼 수도 있다는 점이다.

내가 모르는 엄마의 다른 면들을 모아보면 어릴 적 내게 상처라고 생각되었던 일들이 조금은 이해되지 않을까? 그리고 '엄마'가 아닌 한 여자의 인생을 같은 여자로서 좀 더 공감할 수 있지 않을까?

아픈말들은
아픈말을 낳지.
그래서 마지막말은
하지않으려 하는거고..
여백을 남기는
노력 같은거라 해야
하는건가..
page_737

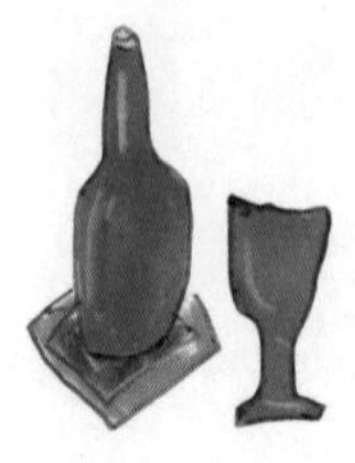

다 맞는일만 하는 사람이
어디에 있어?
맞춰가는 거지.
좋아하는 셈 넘어가주고
그렇게 살아가는거지
소중한거니까..
page_137

추우니까 몸안에 있는 상처들이 비인것처럼 좀 아픈것 같아.
그러다가 점점 무뎌지면서 냉담해지더라.. 굳어버리기 전에 내가 안아줄까..?
page. 737

기억의
수집가

내 방에는 무척이나 많은 것들이 쌓여 있다.

수많은 연습장과 드로잉북 전시의 팸플릿 들, 좋아하는 작가들의 스티커, 편지, 사진, 파리의 기념품, 식사했던 영수증, 커피를 마셨던 컵, 머리카락과 물감들, 미술도구들, 책 그리고 내 그림들, 파리 여행의 기념품, 레스토랑 영수증, 한때 커피가 담겼을 테이크아웃 잔. 너저분하게 쌓여 있는 물건들을 나는 버릴 생각도 없고, 버릴 엄두도 나지 않는다.

물건들의 이력이 내가 살아온 역사라 생각하건만 나와 함께 지내온 역사를 어찌 버리리.

나는 어렸을 때부터 나와 함께하는 것들에 흥미를 느끼며 살아오고 있었다. 기억력도 좋은 편이 아니라 대개 물건을 매개 삼아 당시를 떠올리곤 한다.

이 물건들은 간혹 시간의 위태로움을 체감하게도 하는데, 뭔가 하나 찾으려고 뒤적거리다 보면 하루 반나절이 지나 있는 탓이다. 물건들을 하나하나 보면서 생각에 잠기기 때문이다. 특히, 방 청소할 때가 그렇다.

부지런한 성격은 아니라서 단단히 마음먹고 청소를 시작하는데, 일단 시작하면 3일은 족히 걸린다. 그렇다고 청소가 끝난 후 말끔해지는가 하면 그것도 아닌 것이 버려지는 것들은 고작 머리카락들, 내가 썼던 화장솜, 그리고 몇 장의 A4 용지가 전부이기 때문이다. 그럼 버리는 것도 없이 그 3일 동안 나는 무엇을 하느냐고? 그저 생각에 잠겨 과거에 살다 살다 힘겹게 빠져나오는 것이다. 나에게 청소란 그런 의미다. 내 과거를 회상하고 이것저것 생각하고 혼자 웃는 일이 80퍼센트, 머리카락이나 먼지 청소 그리고 창문 닦기, 환기시키기가 20퍼센트.

요즘은 미니멀라이프가 유행이라고 한다. 최소한의 물품으로 간결하게 살아가는 삶이다. 머리는 이 미니멀라이프를 정말 지향

한다. 내가 좋아하는 곳은 무인양품에 이케아이고 제목에 끌려 『심플하게 산다』를 사기도 했다. 그런데 행동은 솔직히 말하자면 소각장 수준인 것을 어찌하나.

머리카락은 왜 하루에 100개 넘게 빠지고(그럼에도 머리숱이 많다) 옷은 내일 또 입을 텐데 왜 걸어놓아야 하는지에 의문을 가지고 내게는 순간 소중한 것들을 집에 들여놓는다면 금방 또 쌓이기 마련이다.

끊임없이 새로운 것들을 원했고, 새로운 것들은 잡동사니의 형태로 다시 내 방에 쌓인다. 간직하면서 추억해주어야 지켜지는 예의를 나는 오늘도 지키고 있는 셈이다. 멈출 수 없는 생각의 고리에 권태를 느낄 때쯤 위태롭게 쌓이고 늘어져 있는 역사의 흔적을 지켜본다.

이제 나만의 온전히 알 수 있는 은근한 희열의 시간이 시작된다.

심적으로나
체력적으로나
힘들때, "나 이런걸로
힘들어해도 되나..?"
막 그런 생각이
들때가 있다..?
내가 너에게
편치 못해서 그래..
편하게 대해줘!
너무 각박해진
사회 기준에 맞추지
말고.
Page-737

백일몽

평일 오후, 방에 있던 나는 피곤을 감추지 못하고 잠이 들어버렸다. 피곤이 성가실 때즈음 어떤 꿈을 꾸게 되었는데 중학교 동창 남자아이와 진한 사랑을 하며 격렬하게 키스를 하는 꿈을 꾸게 되었다. 정말 이상하고 수상한 꿈들이 나에게 펼쳐졌기에 나는 놀라 잠이 깨어버렸다. 곧장 그에게 전화를 걸었다.

"여보세요."

"뭐해?"

"자고 있었는데, 네 전화 와서 깼어."

"어야, 이상하다. 나도 잤는데, 나 니 꿈 꿨다."

"무슨 꿈? 생각날 때 말해."

"이건 진짜 부끄러운 꿈인데 말이야,
너랑 나랑 격력하게 막 키스를 하는 꿈을 꿨어."

"너 나랑 키스하는 상상해봤구나."

"뭐래, 미친놈이. 나 몽정한 거니?"

"키킥, 웃기다. 요즘 시험 기간이야. 이틀 밤을 샜다.
진짜 피곤해."

우리의 통화는 그렇게 길어지고 있었다. 나는 방에서 나와 거실로 터벅터벅 걸어 나와서는 남은 수박을 우걱우걱 먹으며 베란다 앞에 앉았다.

"경희야, 사람을 항상 조심해야 돼."

그는 나에게 조언을 했는데 나는 그 말이 맞다고 생각했다. 해는 뉘엿뉘엿 지고 있었고 보라색 하이드레이션*이 시시각각 번져가고 있었다. 저녁을 맞이하려는 우주와, 인공위성으로 통화하는 우리 그 속에 앉아 있는 나.

우리는 그 속에서 여행을 가고 싶다고 말을 해버렸다. 여행 따위 가면 그만인 것을. 이 광활한 우주 안에서 무엇이 그렇게 어렵다고 쩔쩔매는지. 그러나 우리는 쉬이 가지 못하는 처지에 놓여 있음이 분명했다. 나에게는 할 일이 있었고 가족이 있었고 학교에서 내준 시험 문제가 기다리고 있었기 때문이다.

내 마음대로 되는 게 있느냐며 세상은 항상 어렵다며 그렇게 위안을 삼고 있음에 분명했다.

* 하이드레이션 : 수용액 속에서 용해된 용질 분자나 이온을 물 분자가 둘러싸고 상호작용하면서 마치 하나의 분자처럼 행동하게 되는 현상(수화). 두산백과 참조.

기약

행복을 전시하는 것들은 참 쉽다. 그리고 나 또한 언젠가 행복해지겠지, 하는 갈망을 보여주며 살아가고 있다.

당신들도 그렇지 않을까?

내가 모든걸 다 잘할 수 없다는거 알아.
근데 어느 하나 부족하다고 여겨지면 나 또 한없이 작아지더라..
인정하는거. 왜 이렇게 어렵니..?
그냥. 미워할 수 밖에 없는거지 뭐.
인정하지 마! 미워해!!
Page.737

시간이 흐르다

서울은 그 계절이 짙어져 있었고 나는 그 애가 오래오래 있었으면 좋겠다는 생각을 했다. 그저 그뿐이다. 그것 말고는 다른 바람이 없다. 나는 뉴스 헤드라인처럼 무엇을 하고 싶은지 모르는 막막한 20대, 한국에 있는 동안 무엇을 위해 살아가는 것도 맞는 것인지 조금은 갸웃했고 신문과 방송이 그토록 걱정하는 데 비해 누구도 우리에게 관심을 주는 일은 없었다. 그저 투정이라고 생각하는 눈치였다. '20년을 살면 인생이 권태로워지기도 하나….' 혼잣말로 중얼거려보지만 온전한 대답은 돌아오지 않았다. 노상 불완전한 존재로구나. 언젠가 나라는 인간이 그런 존재임을 깨닫기 시작했을 때부터 조금씩 인정했다.

대답을 들어보고 싶어 서점을 갔고 서적들은 차고 넘쳤다. 『20대 때 꼭 해봐야 할 N가지』 『포기하지 마라』 『문제는 마음가짐이다』.

사방은 온통 채찍질뿐이었다. 그런데 그 채찍질에 맞기 싫었다. 그저 의구심만 자꾸 커져갔다. 나는 태어나 살아가고 있지만 왜 자꾸 사람들은 힘들기만을 강조할까? 힘든 것들을 해야만 멋져 보이는 것일까? 어쩔 땐 그런 것들이 폭력적으로 느껴지기도 했다.

언젠가 항상 불완전한 존재라는 것을 깨닫기 시작했을 때부터 조금씩 인정하기 시작했다. 반듯하게만 살 수 없다는, 휘청거릴 수도 있다는 사실. 이것이 모두 내 것이라면 원하는 것을 조금 더 천천히 탐구하고 싶다고. 나를 성찰하고 어디에 가더라도 좋은 이야기를 언제든 나눌 준비가 되어 있었으면 좋겠다고. 내 인생에 존재하는 작은 행복의 연속들이 모여 세상에서 가장 큰 행복이 내 앞에 펼쳐질 것이라고.

담백한 위로와 격려를

"걔들도 잘되고, 나 또한 별 탈 없이 지내고선 서로에게 힘이 되어 주는 한 해가 되었으면 해."

"그렇게 될 거야."

예전에 친구가 재수했을 때 공부하면서 생겼던 소원이 나를 포함한 친구 네 명과 롯데월드에서 신나게 놀기였고, 수능이 끝나고서 우리는 롯데월드에서 정말 신나게 놀았었다.

그리고 얼마 지나지 않아 그 친구에게서 자기가 원하는 대학에 합격했다고 전화가 왔을 때 나도 모르게 너무 기뻐 소리를 지르면서 축하해줬던 기억이 있다.

그 전화 통화를 마치고 왜인지 모르게 나 또한 알 수 없는 힘이 났다. 긍정적인 자극 비슷한, 어쩐지 좋게 또 반듯하게 살고 싶은.

부디 잘되길.

내가 아는 이들과 이 글을 보는 당신도.

걔들도 잘되고, 나또한 별탈없이 지내고선 서로에게 힘이되어 주는 한해가 되었으면 해.
page-737
그렇게 될거야.

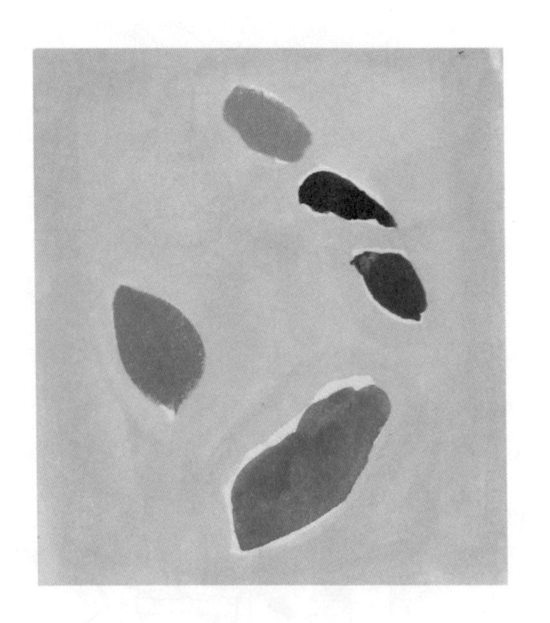

경희의 역사

옛날부터 내 이름을 말하면 사람들은 잘못 알아 듣곤 한다. 성이 '민'이고 이름이 '경희'인데, "이름이 뭐야?" 했을 때 "'민경희'요."라고 말하면 "아~ 민경이~. 성은 뭐야?"라고 물어보기를 반복한다. 그래서 그런 물음이 익숙해졌을 때즈음 초등학교 고학년 때 누군가 이름을 물어보면 "성이 민이구요, 이름이 경희예요."라고 말하여 헛갈리지 않게 대답해주곤 했다.

사실 내 이름을 별로 좋아하지는 않았다. 왜냐하면 이름을 댔을 때 사람들은 "어, 우리 이모(고모) 이름도 경희인데!"라며 자기 친척들의 이름을 떠올리게끔 만들었기 때문이다.

그 시대에는 경희라는 이름이 흔했나 보다. 그래서 심각하게 개명을 해야 하나 고민도 해보았다. 그냥저냥 지내다 중학교 때 도덕 선생님께서 꿈이 무엇인지 잘 모르겠다면 자신의 이름을 한 번 해석해보라고 한 적이 있다.

그래, 내 이름은 무슨 뜻일까? 별 경에 기쁠 희. 세상의 기쁨, 경사로 기뻐한다. 뭐 이런 뜻들이 나왔다. 나는 기쁨을 줘야 하는 사람일까? 무엇을 하면 기쁨을 줄 수 있을까? 곰곰 떠올려본 적이 있는 것 같다. 그러다 '뮤지컬 배우'가 되어보자 결론을 내려보았다. 그 당시 내가 빠져 있던 뮤지컬 〈김종욱 찾기〉의 여자 주인공 오나라 배우님을 보고 꿈을 키웠던 것 같다. 혼자 대본집을 구해서 매일 읽어가면서 그 노래를 외웠고 부모님 앞에서 소심했던 나는 용기를 내어 첫 번째로 내 꿈에 대해 이야기를 했었을 때 뮤지컬 배우는 돈을 많이 벌지 못한다는 부정적인 이유를 부모님이 붙여줬던 것 같다.

나는 그 당시 정말 소심했고 부모님의 말은 들어야 한다는, 뭐 이런저런 생각에 쉽게 포기했었더랬다. 참 어리석기도 했지. 밀어붙일 용기도 없었고 간절하다는 생각도 없어서 쉽게 그만두다니. 하긴 중학교 때 무슨 간절함이 있었겠는가.

머리가 커가면서 생각해보니 만약 의지를 굳게 다져 그 꿈을 가지고 계속 나아갔으면 또 잘했을 거라는 생각이 든다. 덧붙여 나는 부모가 된다면 어린아이의 꿈을 쉽게 무너트리지 않을 것이라는 생각도.

이렇게 나의 꿈은 좌절되고 이렇게 저렇게 "경희 너는 성격이 좋아서 잘할 거야." "뭘 하든 잘될 거야."라는 말을 자주 들었더랬다. 나는 그 말을 미신처럼 믿고 정말 내가 성격이 좋은 줄 알았다. 그런데 성인이 되고 여러 사람들을 만나보니 나 같은 사람들은 지천에 널려 있었고 거기에 재능까지 겸비한 멋진 사람들의 존재는 나를 더욱더 비참하게 만들었다.

그저 군중 속의 평범녀1이 되었고 어느 날 나는 내 그림으로 된 문신을 하고 싶어졌다. 의미 있는 그림이 무엇이 있을까 생각하다 내 이름을 구글에 검색해보았는데 뜻밖의 사실을 알게 된다. 경희는 석가모니의 10대 제자 중 한명인 '아난다'의 이름이기도 했다. 사실 이 이름은 외할아버지가 지어주셨는데 그는 불자였다. 우연인지 아니면 외할아버지가 고의로 아난다의 이름을 번역한 경희로 지어주셨는지 아직 물어보지는 않았지만 아마 후자에 가깝다고 생각한다. 아난다의 정보는 잘 나오진 않았지만 아난다는 석가 곁에서 그의 말을 제일 잘 들었다고 한다.

그래서인가 마음이 복잡할 때에는 반야심경을 가끔 듣곤 한다.

어느 날은 나혜석 전시를 보다 작품관에 빠져 이것저것 찾아봤을 때 내 이름을 가진 제목의 단편소설을 낸 것을 알게 되고 너무 놀라 다음 날 도서관에서 찾아 본 기억이 있다. 소설 속 그녀는 그 시대 사회 전반적인 여성의 위치에 대하여 불만을 가지고선 성별을 떠나 '인간'으로서의 쓰임을 받고 싶어 하는 인물이다. 마지막 구절은 더할 나위 없이 감명 깊다.

"하나님! 하나님의 딸이 여기 있습니다. 아버지! 내 생명은 많은 축복을 가졌습니다. 보십시오! 내 눈과 내 귀는 이렇게 활동하지 않습니까? 하나님! 내게 무한한 광영(光榮)과 힘을 내려 주십시오. 내게 있는 힘을 다하여 일하오리다. 상(賞)을 주시든지 벌(罰)을 내리시든지 마음대로 부리시옵소서."**

그녀의 기도는 너무 절절하여 내 마음도 동했다. 내 전생은 나혜석의 경희였던가. 나는 이 소설을 읽은 뒤 알 수 없는 힘이 나기도 했다. 평범하지만 평범하지 않은 삶이 나를 기다리고 있을 것이라는 생각도 들어버린 건 왜인지 나도 모르겠다.

**나현석의 「경희」(『나혜석 단편집』, 지만지) 중 일부입니다.

조금더 깊게 들여다 볼 필요가 있다.

종이 프레임

나는 며칠 동안 이 종이와 함께 걸어다니며 작은 프레임 안에 있던 것들을 유심히 보기 시작하였다. 이는 자주 걸음을 멈칫하게 하였으며 사람들의 시선을 끌기도 하였다. 작은 프레임 안에 있는 세계는 어찌 보면 귀엽기도 하였다. 내 세상이 조그맣게 마련되어 있는 것 같기도 했다.

어른들은 말했다. 큰 꿈을 가지라고 너는 크게 될 것이라고. 그렇게 큰 것을 좋아하게 되었다. 큰 포부를 가진 사람, 큰 무한 리필집, 손이 큰 것, 큰 그림. 그게 맞다고 생각해왔고 그렇게 성인의 상징, 주민등록증을 손에 쥐게 되었다.

어느 날 나는 내 속을 불편하게 했던 것들에 대해 깊게 생각해 보았다. 생각해보니 꽤 많은 것들이 나왔다. 많은 것들을 형용하는 마음들, 주장 없는 의견들, 여성 문제들, 허약한 신념들. 큰 꿈에 몰두하면 쉽게 지나치는 문제들이다. 그러나 쌓이고 나면 조금은 피곤한 것들. 그 피로가 쌓여 상처들은 아물지 못한 채 주체 없는 내가 완성되고 있었다. 길가에 식물을 보았을 때 이 작품을 홀린 듯 만들었고 조그맣게 구멍 뚫린 프레임 안에 그 식물은 집중되고 잘 볼 수 있게 되었다.

편안해졌다. 조금 더 깊게 들여다볼 필요가 있었다.

항상 고민돼.
할때마다 두렵고. 이렇게 하면 맞는건가?
뭐. 터득하는건
무조건 해보는 수밖에 없겠지.
무조건 해보고
잘됐잖아-!
정답인지
아닌지는
네가 판단하면
되는거야.
Page_737

해답의
풀이 과정

새로운 아이디어가 떠오를 땐 항상 긴장이 된다.

내가 생각한 대로 잘할 수 있을까? 이렇게 생각했던 것들을 잊으면 어떡하지? 괜한 걱정부터 든다. 이것저것 해보고 싶은 욕심은 많은데 겁이 많다. 답을 알고 있지만 주변 사람들에게 내 계획이나 가지고 있는 아이디어들을 한번 검토해본다. 그들은 항상 긍정적이고 호의적이다. 그 다정함이 나에게 힘이 되는 것이다.

어제는 하늘이에게 괜한 질문을 던졌다가 이내 나 혼자 답을 내리기도 했다. 너무 자주 물어본다는 느낌이 들었기 때문인데 내 생각에 의구심이 들면 무엇을 해보기도 전에 겁을 먹기에 누군가의 확실한 대답이 필요할 때도 있었다.

조그마한 안정제 같은 역할이다. 그런데 그 안정제를 너무 자주 투여하는 듯했다. 면역력이 약해지면 안 되는 일이다. 자각을 하고 괜히 혼잣말로 나를 다독여보기 시작했다.

"항상 고민 돼. 할 때마다 두렵고 이렇게 하면 맞는 건가? 뭐 터득하는 건 무조건 해보는 수밖에 없겠지…."

기어들어가는 목소리로 혼자 대답하는 나에게 그녀는 불쑥 대답을 해주었다.

"무조건 해 보고 잘됐잖아? 정답인지 아닌지는 네가 판단하면 되는 거야."

머리를 띵 맞은 것 같았다. 이것저것 생각해보는 것의 해답은 결국 행동을 하는 것이었고 그것마저 내가 판단하면 된다는 일이었기에. 옳고 그름까지 내가 판단하는 것은 생각지도 못한 일이였다. 아, 그럴 수도 있겠다. 끝까지 나에게 관심을 가져주면 될 일이겠구나. 마침표를 누군가에게 맡기지 않고 자신이 마침표를 찍어보는 일도 중요한 것이겠구나.

그런 날

말로 하기도 지친 오늘은 무언가 안 풀렸다고 해도 과언이 아니다.

사실 최악의 상황에서 자신을 위로하는 편임에도 불구하고 오늘은 이상하게 이상한 말과 생각으로 가득 찼다. 내 뜻대로 되지 않은 것들은 나의 계획을 망치기도 하고 괜한 사람들은 나를 싫어한다고 생각했다.

옷가게 점원은 나에게 퉁명스럽게 대했고 헛돈이 빠져나가는 느낌도 너무 싫었다. 불현듯 떠오른 과거 상처가 되었던 어떤 사람의 말과 그걸 생각한 얼굴엔 미간이 찌푸려져 있는 날 발견하고선 그냥 울고만 싶었다.

아니, 그냥 펑펑 울었으면 마음이라도 편했을까?

터덜터덜 집에 오니, 아버지가 틀어놓는 익숙한 텔레비전 소리와 어머니의 이상한 잔소리, 정리되지 않은 내 방. 샤워할 때 따뜻했던 온도가, 정말 이상하게 나를 위로해주었다.

평소엔 싫었던 것들이 왜 편안하게 느껴질까. 밖에 머물렀던 낯선 감정과 사람들에게 빼앗긴 기운 같은 것들의 연속들이 익숙하고도 가끔 들어가기 싫었던 집에 와서야 편안해지다니.

아. 오늘은 상처를 뒤로 하고 내 집에서 가족들이 잠을 자는 시간에 같이 잠을 푹 자야겠다.

잘 자.

책을 낸다는 것에 대하여

우스웠고 재미있었다. 내가 책을? 책이라는 건 대단한 사람, 그러니까 시인, 등단을 위한 신춘문예 아니면 그 분야의 전문가들, 박사 이상의 지식인들 그런 사람만이 낼 수 있는 것인 줄만 알았다. 그렇지만 세상은 워낙 빠르고 소비의 추세 또한 변해가기 마련이다. 이 세계에서 내가 글을 쓰고 싶은 욕망과 내 글을 좋아라 해주는 몇 명의 관중들만 있으면 누구나 쉽게 책을 낼 수 있게 된 것이다.

그렇다고 해서 뭐 쉽게 어떤 작가라든가 시인이라든가 타이틀을 붙이며 나 이런 사람이요, 하고 다니고 싶지는 않다. 그럴 역량도 아직은 아닌 것 같다. '불멸의 문장들, 최대의 고민들! 이것들을 끌어모아 이 한 문장에 담아내리!' 이런 마음은 이미 예전에 한 구석에 밀어놓았다. 지금은 조금 먼지가 쌓여 있겠지.

이런 생각도 해봤다. 글을 쓰는 일에 업을 가지고 피를 토하며 쓰는 사람들이 있지 않을까? 그 사람들에게 내 책이 나온다면 피해가 가지 않을까? 부끄럽다, 나란 사람.

그래서 쓸 때마다 우울했고 우울한 감정은 나를 고조시켰고 그게 멋지다, 예술이라는 생각을 하곤 했다. 어느 정도는 맞다. 나는 힘들고 외롭고 괴로울 때 그림이나 글이 잘 써지기는 하나 그럴 때마다 내 정신과 몸이 피폐해져 알 수 없는 피로감에 정신과도 다니게 되었고 한의원에서 침도 맞고 정형외과에서 붕대도 감고 다녔다. 아프다고 신호를 보내온다. 그만 좀 생각하라고.

그래서 그만 생각하고 싶다. 이미 책을 내기로 약속이 되어 있으니 그만 부끄러워하고 내 생각, 느꼈던 감정들을 가감 없이 보여줘보자. 싫어하는 사람, 좋아하는 사람 어쩔 수 없이 생기기 마련이지만 또 항상 아쉬움은 있는 법이지만 어쩌겠나. 이게 지금의 나인 걸. 내가 지내고 있는 순간들이 지금 최대의 경험을 바탕으로 살고 있는 모양을 나열하며 나 이렇게 살고 있다고 조용히 말을 시작하는 것이다.

내가 사랑하는 것들을 이 책에서 다 보여줄 것이다. 당신들도 나를 사랑한다면 내가 사랑하는 것들을 같이 사랑하겠지.

우리 지금 그냥 사랑하자.

왜
페이지
칠삼칠이에요?

"글과 그림을 쓰고 그린 지 5년이 다 되어갑니다. 꾸준히 무엇을 한다는 게 내 성격에 참 쉽지 않은데, 그 이력을 엮어서 책을 낸다는 것이 마치 어떤 결실을 맺는 듯하여 기분이 묘합니다."

인스타그램에서 나의 아이디는 page_737이다. 나를 아는 사람들은 가끔 나를 페이지 누나(언니), 페이지, 칠삼칠 등등 이름 대신 인스타그램 아이디로 부르곤 한다. 장난을 섞은 별명이 되어버리기도 했고 나를 모르는 사람은 이름 대신에 내 아이디를 기억해주시곤 '앗 페이지 737 님….'이라고 말을 걸어주시기도 한다.

재미있는 것은 칠백삼십칠이라고 읽기보다는 다들 칠삼칠이라고 한다는 사실. 사실 나 또한 그렇게 읽히는 게 편하니까 그렇게 말하기도 한다. 스무살 때 처음 인스타그램에 가입했는데 그때는 아이디가 달랐다. 지금은 기억도 나지 않지만(기억나지 않을 정도면 정말 아무렇게나 지었을 가능성이 농후하다) 꽤 길었던 아이디였다.

사실 나에게는 한 가지 버릇이 있는데 아침이나 저녁에 별자리 운세를 쳐서 읽어보고 하루를 시작하거나 마무리하는 것이다. 그 날의 무거움들을 텍스트에서 조금이나마 덜 수 있다고 생각하는 것 같았기 때문이다. 별자리 운세가 중요하진 않지만 그만큼 나에게는 보지 않으면 불안한 존재가 되었다.

어느 날, 집에서 린다굿맨의 『당신의 별자리』라는 책을 발견하였다. 그 책은 별자리마다 성격, 유형 등을 유머러스하고 장황하게 풀어놓은 책이었고 이 책에서 나의 별자리인 '물고기자리'에 대한 설명이 시작되는 페이지가 737쪽이었다.

항상 마음속으로 나의 별자리인 물고기자리를 좋아하고 있었다. 만약에 다른 별자리였어도 그랬을지 모르겠지만 어감도 좋고 상징도 예쁘고 게다가 노래, 영화까지 있는 이 매력적인 별자리가 내 것이라니 하는 마음으로 자랑스러워하고 있던 참이었다.

그래서 『당신의 별자리』에서 물고기자리에 대한 설명이 시작되는 페이지인 737쪽을 아이디로 바꾸게 되었다.

그렇게 나의 시그니처 아이디, 별명은 페이지 737이 되었다. 친구들부터 에디터님들까지 나만 아는 그 뜻을 궁금해하며 물어보기도 한다. 내가 가장 많이 받는 질문 중 하나일 수도 있다.

"왜 page_737인 거예요?"

처음에는 장황하게 설명하였지만 나중에는 요령이 생겨서 일단 내 별자리를 소개하고 그다음에 그 책을 설명하고 시작 페이지가 이렇다 하면 사람들은 마치 대단한 무엇을 발견했다는 듯, 해결된 문제를 보고 감탄하는 사람들처럼 "오, 그렇구나." 하며 고개를 끄덕인다.

뭔가 그런 느낌이다. 타투는 하지 않았지만 누군가가 타투를 했다면 "이 타투에는 무슨 뜻이 있어?"라고 질문을 하는 것 같은.

많은 사람들이 궁금했겠지만 뭐 이런 뜻이었답니다. 이제 알겠지요? ;)